Claire Ogro

Nehmen Katzen Drogen? -

Über Katzen, Liebe und andere Missgeschicke

Impressum

Bibliografische Information der Deutschen National-bibliothek: Die Deutsche Nationalbibliothek verzeichnet diese Publikation in der Deutschen Nationalbibliothek; detaillierte Daten sind im Internet unter www.dnb.de abrufbar.

Herstellung und Verlag: BoD, Books on Demand, Norderstedt

ISBN: 978-3-7341-1496-2

Originalausgabe: April, 2015

Inhalt:

Katzen

Liebe

Missgeschicke

Nachdenkliches und Besinnliches

Vorwort:

Die Idee zu dieser Anthologie kam mir dadurch, dass eine befreundete Redakteurin mal wieder kurzfristig eine Kurzgeschichte für ihr Essener Frauenmagazin brauchte. Sie sollte "Herz-Schmerz und ein Happy-End" beinhalten. Bei der Durchsicht meiner Sammlung ist mir aufgefallen, dass es einige Geschichten wert wären, sie nicht nur lokal begrenzt zu veröffentlichen. Die Geschichten, die mir persönlich am besten gefallen haben, sind hier zusammengefasst. Die Sammlung ist ein bunter Reigen aus heiteren, romantischen, lustigen, nachdenklich stimmenden und besinnlichen Storys.
Herzlich bedanken möchte ich mich bei meiner besseren Hälfte Erhard, sowohl für seine Unterstützung, als auch für seine Geduld mit mir, wenn ich im „Schreibmodus" bin. Natürlich darf ich meine „Rasselbande" nicht vergessen, die mich mit ihrem täglichen Unfug sehr häufig inspiriert.
Ich wünsche viel Spaß beim Lesen dieser – wie ich hoffe - abwechslungsreichen Lektüre!

Claire Ogro im April 2015

Katzen

1. Das Katz-und-Mensch-Spiel

Manch Zeitgenosse ist so naiv zu glauben, dass das Spiel eine Erfindung der Menschen sei. Weit gefehlt! Wir – eure, ach so kuscheligen, lieben und doch so mysteriösen Vierbeiner – sind die wahren Erfinder. Eigentlich haben wir es auch nicht erfunden, sondern es wurde uns in die Wiege gelegt, aber wir haben es perfektioniert und das schon vor langer, langer Zeit ...

Betrachtet man den geschichtlichen Werdegang der Katzen vom Kammerjäger zum Liebling der Herzen, so ist die Geschichte geprägt von absoluten Höhen bis hin zu schlimmen Tiefpunkten. Als wir, die Katzen, uns entschlossen den Mensch als Untertan zu akzeptieren, haben wir das ursprüngliche Katz-und-Maus-Spiel in das Katz-und-Mensch-Spiel abgewandelt. Der Mensch als Untertan werden sich manche unglaubig fragen? Ja, es soll tatsächlich noch Zeitgenossen geben, die ihren Platz in der Hierarchie anzweifeln. Aber gut, jene, die uns Katzen kennen, wissen es besser.

Als wir uns vor tausenden von Jahren entschlossen, eine Zweckgemeinschaft – natürlich zu unserem Vorteil – mit dem Menschen einzugehen, fingen wir an, gekonnt mit den Menschen zu spielen. Was wir bis heute tun! Es gab zwar Zeiten, in denen wir es nicht so einfach hatten, da wir verteufelt wurden, jedoch zum größten Teil wurden wir vergöttert. Aber das Ganze der Reihe nach ...

Die alten Ägypter waren von denen, mit denen wir spielten, die ersten, die es für die Nachwelt festhielten. Geschickt starteten wir unseren Siegeszug in ihren Kornkammer als Schädlingsbekämpfer. Später schafften wir den Einzug über ihre Herzen in ihre Schlafzimmer bis hin zu ihren Tempeln. Unser geheimnisvolles Wesen, die Art wie wir mit unseren Feinden umgehen – als wäre das Töten einfach nur ein leichtes Spiel –, unser unergründlicher Blick und nicht zu vergessen, unsere Eleganz und unsere anschmiegsame Natur, um nur einige unserer Vorzüge zu nennen, erleichterten uns die Sache natürlich ungemein. Wir waren und sind etwas Besonderes! Nicht umsonst fanden wir Verehrung in Gestalt der Katzengöttin Bastet. Obwohl es zu damaligen Zeiten strengstens verboten war, uns aus Ägypten mitzunehmen, schafften wir es über den Seeweg, die Welt zu erobern. So kamen wir auch nach China. Die alten Chinesen glaubten, dass nur der Mensch und die Katze eine Seele besäßen. In ihren Tempeln waren wir ebenfalls mehr als willkommen. Ebenso wie als Beschützer ihrer wertvollen Seidenraupen-züchtungen.

Im Mittelalter wurde uns diese Besonderheit allerdings zum Verhängnis. Der Aberglaube bestimmte das menschliche Denken. Wir Katzen galten als dämonisch und unglückbringend. Wir wurden sogar mit Hexen und dem Teufel in Verbindung gebracht. Dies alles nur, weil die Menschheit zu der Zeit nichts akzeptieren konnte, was unergründlich war. Die Borniertheit der Menschen ging so weit, dass sie allen Ernstes glaubten, die Erde sei eine Scheibe. Hätten sie mal uns Katzen gefragt! Wir wussten es damals schon besser. Das war eine dunkle Zeit, in der unzählige unserer Artgenossen auf grausame Weise umkamen. Aber die Menschen machten seinerzeit auch nicht vor ihresgleichen halt. Es war eine schlimme Epoche und dies nicht nur für Katzen! Dennoch hatten wir auch dazumal Anhänger, obwohl es als Gotteslästerung galt, gab es Menschen, die nicht auf uns verzichten wollten. Wer kann auch einem so reizenden Spielkameraden widerstehen?

Wie das Leben aber so spielt, änderten sich die Zeiten und wir Katzen waren aufs Neue geachtet. Erst wurden wir wieder als Nutztiere und wertvolle Jäger angesehen – ja, es gab sogar Zeiten, da waren wir fast so kostbar wie eine Kuh –, später dann erneut als Heimtiere. Unser Siegeszug in die Haushalte der Menschen war stetig und unaufhaltsam. Zusammen mit den Hunden sind wir heute der Menschen liebste Weggefährten. Mal stehen die Hunde auf der Beliebtheitsskala ganz oben, dann wieder wir. Inzwischen werden uns neben unserer anderen Vorzüge sogar medizinische und therapeutische Fähigkeiten nachgesagt. Dennoch halten sich auch Gerüchte über uns, zum Beispiel, dass es Unglück bringen würde, wenn eine schwarze Katze den Weg von links kreuzt. Alles Aberglaube! Die Einstellung uns gegenüber ist nach wie vor zwiespältig, die Wertschätzung überwiegt dann allerdings. Diese Zwiespältigkeit beruht auf der Tatsache, dass wir in dem langen Zusammenleben mit dem Menschen mehr als andere Tiere unsere Selbständigkeit bewahrt haben. Manche behaupten gar, wir wären nicht erziehbar. Das ist Unfug!

Wir Katzen haben uns sogar das Miauen angewöhnt, um mit dem Menschen kommunizieren zu können. Für den Umgang mit unseresgleichen bräuchten wir es nicht. Wir gehorchen, wenn wir einen Vorteil daraus ziehen können. Und genau dies ist ein Teil des Katz-und-Mensch-Spiels. Die Katze ist übrigens das einzige Tier, das sich selbst domestiziert hat. Da soll einer behaupten, wir wären dumm! Mysteriös mögen wir manch einem erscheinen. Wir geben eben nicht alles von uns preis … Wir spielen mit, aber bestimmen die Regeln. Wir sind Spieler und Spielleiter in einem. Unser Talent zum Spiel ist angeboren und in unserem Jagdinstinkt begründet. Wir wissen von Natur aus zu bluffen und zu manipulieren, mehr als es je ein Mensch erlernen könnte. Selbst die Wissenschaft hat sich die größte Mühe gegeben, uns und unsere Mimik zu entschlüsseln. Ein klein wenig verrieten wir – schließlich wollen wir bis zu einem gewissen Grad verstanden werden – aber das war nur die Spitze des Eisbergs. Durch unseren als putzig empfundenen Spieltrieb verschleiern wir unsere Raubtiernatur. Wenn wir jagen, sieht es aus wie ein Spiel. Unser Leben ist ein einziges Spiel, ob mit unseren Menschen oder mit unserer Beute. Das Spiel hat eine uralte Tradition!

Wer glaubt, wir hätten uns allein in der Geschichte einen Namen gemacht, der täuscht sich. Unbeirrt nahmen wir auch Einzug in Kunst und Literatur. Ein weiteres Zeichen für das Katz-und-Mensch-Spiel. Wir bewegen und inspirieren den Menschen so sehr, dass er das Bedürfnis hat, dies zu manifestieren und zu kommunizieren. Berühmte Geister erkannten bereits, dass Hunde Herrchen bräuchten; Katzen hingegen Personal. Nicht umsonst beschreiben sich Zweibeiner auch gelegentlich als „Futterknechte", „Katzenkloreiniger" oder „Dosenöffner". Diese haben das Spiel verstanden. Das Katz-und-Mensch-Spiel ist eigentlich ein schönes Spiel, von dem – im Idealfall – beide Seiten profitieren. Wir, weil wir umsorgt werden und der Mensch, weil ihm ein kleiner „Despot" gnädig zugetan ist. Auch wenn das Spiel uralt ist, so gibt es immer wieder Modifizierungen. Wir sind eben anpassungsfähig! Waren unsere Spielzeuge in der Frühzeit eher primitiv, sind sie heute zum Teil hightech; denn es ist schon ein Heidenspaß hinter einem roten Laserpunkt herzujagen. Andere Spiele sind fast gleich geblieben, wie etwa das „Du darfst mich anfassen, wenn du mir Futter gibst Spiel". Wir locken die Zweibeiner zwar nicht mehr zur Feuerstelle, aber dafür Richtung Kühlschrank. Das Katz-und-Mensch-Spiel ist ein Spiel, das

nie langweilig wird und sich bis ins Unendliche verlängern lässt – in immer neuen Variationen. Spielt mit uns und Ihr könnt nur gewinnen, wir aber auch

2. Nomen est omen

Gestatten, dass ich mich vorstelle. Mein Name ist Diviciacus, kurz Divi genannt. Ich bin zwölf Jahre alt und meines Zeichens ein wunderschöner roter Kater - ich jedenfalls finde mich wunderschön! Mein Zuhause teile ich mit einem weiblichen und einem männlichen Zweibeiner, auch Menschen genannt, sowie drei weiteren Artgenossen. Letztere wären der dicke Paul und die Zwillinge Leo und Lily.

Mein Verhältnis zu den Zweibeinern, die sich auch gern mal als unsere Dosenöffner bezeichnen - gut, dass ihnen bewusst ist, auf welcher Hierarchiestufe sie stehen! - ist eigentlich sehr gut. Mein Frauchen ist einfach klasse! Sie nimmt mich oft liebevoll auf den Arm und krault mich, dann sagt sie immer so verruchte Sachen wie „me gatto rosso bello" zu mir. Ich habe zwar keine Ahnung, was das heißen soll, aber es klingt soooo toll! Wäre sie eine Katze, dann wäre sie meine Frau! Genau da liegt auch das Problem mit dem männlichen Zweibeiner. Den habe ich irgendwie auch gern, aber er steht zu oft zwischen mir und meinem Frauchen, weil er sie als sein Weibchen beansprucht. Das finde ich nicht so gut! Dadurch haben wir gelegentlich mal kleinere Auseinandersetzungen. Natürlich lasse ich ihn immer wie den Sieger aussehen, damit er sich überlegen fühlen kann. Taktik ist alles!

Mit meinen Kollegen komme ich auch gut aus. Der dicke Paul ist zurückhaltend, aber er hat auch ein schlimmes Schicksal hinter sich und ist heute noch ein wenig traumatisiert. Früher hat er sich ständig zwischen Kartons unter dem Bett verschanzt. Er hat sich da eine richtige Festung gebaut. Wenn er nichts mit uns zu tun haben wollte, dann hat er uns gewaltig gejagt. Ansonsten hatte er Angst vor allem. Heute ist er wesentlich relaxter. Paul ist der Älteste von uns. Er war schon vor mir da, aber die Herrschaft habe ich dann auf meine ganz charmante Weise übernommen, aber dazu später mehr...

Der graue Paul, den Frauchen auch manchmal ganz sanft „mein Smaragdauge" nennt, ist ein uneheliches, abgeschobenes Trennungskind. Er hat mir mal erzählt, dass er auf einem Bauernhof in einem Schuppen gelebt hat. Fressen wäre wohl immer genug da gewesen, aber was im fehlte, war der Familienanschluss. Er wollte immer raus aus dem Schuppen und rein ins Haus. Sein Blick wird immer so traurig, wenn er sich daran erinnert ... Naja, als sich seine Zweibeiner dann trennten, wollte ihn keiner haben. Eine Zeit lang sah es ganz düster für ihn aus, aber dann war da unser Frauchen. Sie nahm ihn auf. Seither hat er - bis auf einen Bauernhof - alles: ein warmes Zuhause, Spielkameraden, Familienanschluss und genug Fressen. Trotzdem ist Paul manchmal komisch. Ich denke, er traut seinem Glück einfach nicht. Nun ja, nach der Erfahrung kann man es ihm auch nicht verdenken.

Die Zwillinge Leo und Lily sind ein Jahr jünger als ich. Beide sind ganz schwarz und die Zweibeiner haben manchmal ganz schöne Probleme, sie zu unterscheiden. Ich hingegen gar nicht. Aber meine Nase, meine Ohren und meine Augen sind ja auch nicht so unterentwickelt wie die der Zweibeiner. Die zwei sind nach einem Gangsterpärchen aus dem Kinofilm „Circus" benannt. Eigentlich auch passend, denn wenn das „schwarze Gelumpe" anfängt zu rocken, dann wird es echt kriminell. Leo ist voll in Ordnung! Wir sind richtig gute Kumpels und haben uns gelegentlich auch ganz doll lieb. Frauchen sagt dann immer wir wären „schwule Kater", aber das ist alles Quatsch! Obwohl ich gar nicht weiß, was sie uns damit sagen will. Leo wird von den Zweibeinern auch „Schmusie" genannt. Der dreht immer völlig durch, wenn er gekrault wird. Er macht dann immer auf devot und verrenkt sich wie ein Wilder, als wenn wir so selten gekrault würden. So etwas wäre total unter meiner Würde, aber wem es gefällt ... Wie gesagt, bis auf diesen Spleen ist er echt okay. Mit ihm kann man prima herumtollen und Spielzeug verstecken, wovon wir ja reichlich haben.

Seine Schwester Lily ist eine ganz kleine, zierliche Mietze. Frauchen hat ganz viele Kosenamen für sie, wie „Pimpernellen-Elli", „Lisbeth", „Wilde Wutz", "Püppi" oder „Quietschi". Nur die Liste meiner Kosenamen ist noch länger, aber dazu komme ich gleich ... Lily ist manchmal etwas zickig und meint, sie wäre etwas Besonderes, vor allem, wenn es um Futter geht. Lily ist so ein Glamour- oder wie die Zweibeiner auch sagen, ein It-Girl. Manchmal wird Frauchen richtig böse, wenn sie Lily das dritte Futter vorgesetzt hat und sie immer noch nicht frisst, aber so sind die Weiber wohl: immer Sonderwünsche. Ansonsten komme ich aber auch mir der kleinen Lady ganz gut klar.

Tja, und dann wäre da noch meine Wenigkeit. Wie gesagt mein vollständiger Name ist Diviciacus. Meine Herkunft ist

weniger rühmlich als anrüchig. Mein Geburts-

ort war ein Schweinestall. Ich weiß noch, wie mein Frauchen mich zum ersten Mal auf den Arm genommen und ganz entzückt, aber mit gerümpfter Nase gerufen hat: „Ist der süß, aber der stinkt nach Schwein!". –

„Der ist nicht süß! Er ist klein, er ist rot und ein Teufelsbraten!", wurde sie von der Frau belehrt, die sich bisher, eigentlich recht nett, um mich und meine Familie gekümmert hatte.

„Naja, wenn er so ein Teufelsbraten ist, dann braucht er auch einen besonderen Namen!", gab mein Frauchen zurück.

So kam ich also zu meinem außer-gewöhnlichen Namen. Frauchen erklärte mir, dass Diviciacus ein historischer Druide gewesen sei, der sich mit dem großen Cäsar gegen seinen eigenen Bruder und Fürsten verbündet hat. Ich denke, indirekt hat sie mir damit unterstellt, dass ich immer auf meinen Vorteil bedacht wäre, was natürlich überhaupt nicht zutrifft! Auf der anderen Seite behauptet Frauchen immer, dass jede Katze ein kleiner Druide sei, weil wir es verstünden, im Jetzt zu leben. Aber was gibt es Wichtigeres als das Jetzt?

Um noch einmal auf das Thema Vorteil zu kommen: Gut, ich bin der Chef im Haus! Den Status habe ich mir aber redlich verdient. Als ich ins Haus kam, gab es Paul und noch einen anderen Kater. Paul hat mich quasi gleich adoptiert. Ich war eben niedlich! Er war wohl froh, dass er nicht mehr der einzige Jungkater war. Den anderen Kater habe ich nicht mehr näher kennengelernt. Eines Abends nahm ihn Frauchen mit und danach habe ich ihn nicht mehr gesehen. Paul meinte, dass er jetzt im Katzenhimmel wäre. Wo immer das auch sein mag, schön kann es nicht sein, denn unser Frauchen war ganz schön traurig! Danach war ich eine Weile mit Paul allein. Ich hatte absolute Narrenfreiheit bei ihm, denn ich war ja sein „Kleiner". Dass ich erwachsen wurde und das Ruder übernahm, merkte er noch nicht einmal. Ein knappes Jahr danach kamen die Zwillinge und die hatten von vornherein keine Chance gegen mich.

Ich weiß auch ganz genau, warum ich „Mama",

wie ich mein Frauchen insgeheim nenne, immer und überall hinterher renne. Für mich fällt dabei meist etwas ab und wenn es nur eine zusätzliche Streicheleinheit ist. Das ist doch nur legitim und irgendwie echt clever von mir!

Okay, ich bin auch eine Petze! Wenn der männliche Zweibeiner mit mir schimpft oder die anderen Stress machen, dann hänge ich an Frauchens Rockzipfel und beschwere mich halt. Wenn ich ganz ehrlich bin, dann hänge ich eigentlich ständig an Mamas Rockzipfel.

Ich kann es auch nicht gut haben, wenn die anderen geknuddelt werden. Eine Hand muss dabei ja wohl für mich frei sein! Das ist doch nicht zu viel verlangt! Wenn also einer von meinen Kollegen gerufen wird, dann stehe ich automatisch auch immer Gewehr bei Fuß! Schließlich könnte ich etwas verpassen! Genau das und die Tatsache, dass ich nur höre, wenn ich hören will, brachte mir etliche Kosenamen ein. „Divi", die Kurzform meines edlen Namens, lasse ich mir ja gefallen, aber nicht

die anderen! Da muss ich wirklich mal protestieren! Wie kommen meine Zweibeiner auf so merkwürdige Namen wie „Elfriede", „Vollpfosten", „rote Seuche", „Wurzelkopf",

„Alles", „Brian", „Rübe" oder - und das geht nun überhaupt nicht! - „Rübensau". Ich wurde zwar in einem Schweinestall geboren, aber den Geruch habe ich längst abgelegt. Wenn ich fresse, saue ich gelegentlich auch rum, aber das tun die anderen ebenso. Ich bin eifersüchtig. Ja, das stimmt! Sowohl auf die anderen, als auch auf den männlichen Zweibeiner, aber deshalb muss man mich noch lange nicht als „Rübensau" titulieren! Schließlich habe ich so einen erlesenen Namen und wie heißt es so schön: Nomen est omen! Es geht ja hier schließlich nicht um eine unwesentliche Kleinigkeit, sondern um meinen Namen!

3. Happy pills

Hallo ich bin es wieder – Divi. Heute brennt mir ein Thema auf den Nägeln, äh – Entschuldigung! – Krallen, zu dem ich die Meinung der werten Leserschaft einholen möchte. Gibt es Katzen, die „Happy pills" einnehmen? Dies zumindest behaupten die Zweibeiner von meinen Spielkollegen, den Zwillingen Leo und Lily. Sie fragen sich jetzt sicherlich, wie die Zweibeiner dazu kommen. Dies will ich Ihnen an einigen Beispielen kurz näher bringen.

Wo fange ich am besten an? Also, jeder Mensch und jede Katze haben mal einen schlechten Tag, Frauchen, die ich gerne Mama nenne, sagt immer „Blues" dazu. Für Leo und Lily gilt das nicht. Sie sind immer gut drauf. Es kann passieren, was will, sie sind einfach vergnügt. Mama sagt manchmal scherzhaft,
neben den beiden könnte man ein Flugabwehrgeschütz abfeuern – was immer
das sein mag – und sie wären immer noch völlig happy. Paul und ich fragen uns auch immer, wie das sein kann. Wir zwei sind ja beileibe auch keine Feiglinge, nicht, dass das jetzt jemand denkt, aber wir sind von Natur aus eher vorsichtige Gesellen und ziehen bei dem kleinsten Lärm die Sicherheit des

Bettes vor. Nicht so Leo und Lily! Entweder verschlafen sie die ganze Aufregung oder sie gehen sogar zum Fenster und gucken nach, wo der Lärm herkommt! Paul, der ja genau wie ich vom Bauernhof kommt, hat mir mal erzählt, dass so einen Krach nur große, stinkende Monster verursachen, vor denen man rennen muss. Paul hat so Monster nämlich schon gesehen. Gut, ich nicht, ich war noch zu klein, aber an den fürchterlichen Lärm kann ich mich auch noch erinnern, schließlich habe ich ja auch Bauernhoferfahrung. Oder ein anderes Beispiel. Paul war krank, sogar sehr krank,

deshalb ist er auch gar nicht mehr dick,

sondern schön schlank und wie Mama anerkennend festgestellt hat, inzwischen auch pfeilschnell. Er hat nicht mehr fressen wollen und auch ganz merkwürdig gerochen. Außerdem verletzte er das Reinlichkeitsgebot von uns Katzen. Wir haben alle drei die Nase gerümpft und ihn gemieden. Da waren wir, die Zwillinge und ich, uns einig, mit dem Stinker wollten wir nichts zu tun haben! Unsere Zweibeiner waren auch nicht begeistert, haben sich – sehr zu unserer Verwunderung – aber nicht aufgeregt, sondern waren eher sehr besorgt. Einmal – es war mitten in der Nacht – haben sie Paul in eine Box gesperrt und sind mit ihm weggegangen. Wir haben alle ganz schön gezittert, was jetzt mit unserem

Kumpel passieren würde, zumal er fürchterlich geweint hat. Wir haben uns dann zur Sicherheit im Schrank versteckt, was eigentlich ein absolutes Tabu ist – in der Nacht gab aber keinen Ärger. Als sie mit ihm wiederkamen, hat er ganz merkwürdig gerochen. Es war widerlich! Am nächsten Tag wurde Paul nochmals weggebracht und kam erst nach zwei Tagen wieder. In der Zeit haben die Zweibeiner wie verrückt die Wohnung auf den Kopf gestellt und etwas getan, was sie putzen nennen. Alles war ganz seltsam. Vor allem meine Mama war sehr komisch. Sie war lieb zu uns und besonders auch zu mir, weil ich immer versucht habe, sie aufzumuntern, aber sie war ganz unruhig und traurig. Ich konnte ihre Angst förmlich riechen. Apropos riechen, nichts in der Wohnung roch mehr so wie vorher, unsere ganzen Markierungen waren weggewischt, alles wurde geputzt, gewaschen, umgeräumt und auf den Kopf gestellt. Mir ist die ganze Sache ebenfalls völlig auf den Magen und die Psyche geschlagen. Ganz anders waren da Leo und Lily. Sie liefen durch die Wohnung, untersuchten alles, als wäre das ein lustiges Spiel. Ganz nach dem Motto: „Juchu, die Welt ist bunt und schön". Lily hat bei der Putzaktion sogar noch mitgewirkt, indem sie immer wieder Stellen verriet. Einfach schändlich, solch ein Verhalten! Den eigenen Artgenossen so in die

Pfanne zu hauen! Ich, ich habe solche Stellen selbstverständlich gemieden, aber nichts verraten! Naja, dann holte Mama ihn wieder und er dankte es ihr mit seiner Besonderheit. Sie bekommt jetzt immer einen Diener extra, wenn sie ihn streichelt. Unser Frauchen hat ihm echt geholfen.

Beispielhaft sind überdies unsere Nächte: Wir dürfen eigentlich schlafen, wo wir wollen. Besonders begehrt ist aber das Katzenbett im Wohnzimmer. In manchen Nächten schaffen wir es, zu dritt darin zu schlafen. In anderen reicht es eben nur für einen und da gilt dann, wer zuerst kommt, der liegt. Natürlich gibt es dann schon mal Gezeter von den anderen.

Madame hat da ihren eigenen Stil entwickelt.

Sie greift gleich frontal an. Ja, sie werden es nicht glauben, aber wir weichen.

Leo hat auch so eine Eigenart. Wenn einer von den Zweibeinern nachts mal aufsteht, dann ist er sofort zu Stelle und begrüßt ihn mit „High-five". Wie kann man mitten in der Nacht so aufgedreht sein? Paul und ich brauchen unseren Schönheitsschlaf! Die Zweibeiner schicken ihn in solchen Situationen etwas genervt wieder ins Bett. Seine Schwester ist ähnlich drauf. Wird sie nachts wach, dann ruft sie uns mit ihrem Elfenstimmchen. Zuweilen hört man

Mamas wenig begeisterte Stimme aus dem Schlafzimmer: „Quietschi, schlaf jetzt"! Glauben Sie mir, wir bekommen abends alle das gleiche Fressen.

Eine weitere Auffälligkeit ist auch das Verhalten beim Schimpfen. Wir sind zwar die liebsten Katzen der Welt, aber gelegentlich geht auch mit uns mal der Gaul durch und wir toben über Tische und Bänke. Meist machen wir das, wenn wir sturmfreie Bude haben, dann kann keiner schimpfen, weil niemand nachweisen kann, wer genau den Unsinn produziert hat, wie etwa den Schlaf-zimmerschrank aufgemacht und ausgeräumt, Blumen angekaut, Deko runtergeworfen oder ähnliches. Wir sind ja nicht blöd! Wir wissen schon sehr genau, was wir nicht dürfen und was nicht! Aber es macht doch solchen Spaß ... Naja, das ist eine andere Geschichte! Werden wir mal erwischt, dann gibt es natürlich Schelte. Paul und ich verziehen uns dann für den Rest des Tages, um nicht noch mehr Unmut auf uns zu ziehen. Leo und Lily stört das gar nicht. Kurz nach dem Ärger laufen sie wieder ganz ungezwungen durch die Gegend, als wäre nie etwas gewesen. Leo ist sogar noch cooler. Wenn er erwischt wird, wie er zum Beispiel auf dem Tisch die Blumen in der Vase ankaut, dann – man glaubt es nicht – bleibt er seelenruhig sitzen, so nach dem Motto: „Ich bin eine Dekokatze". Erst beim dritten „Hoffentlich bist du da bald runter!" reagiert er erst einmal mal ganz langsam wie in Zeitlupe. Gut, bevor die Zweibeiner in seiner Nähe sind, ist er auch weg, aber dennoch finde ich das Verhalten verdammt dreist. Die Zweibeiner schütteln auch immer mit dem Kopf.

Ganz abgedreht wird es aber mit den beiden, wenn es um Streicheleinheiten geht. Ich lasse mich unwahrscheinlich gerne von Mama verwöhnen. Andere Hände mag ich eigentlich nicht. Gelegentlich haue ich dann auch mal zu. Mama warnt fremde Menschen deshalb immer vor und sagt denen, ich wäre „Link der Butler". Ich kenne diesen Link zwar nicht, aber er ist mir irgendwie sympathisch! Ich finde halt, dass nur Mama weiß, was gut für mich ist. Paul ist anders, er lässt sich auch von anderen anfassen, aber immer nur mit Sicherheitsabstand. Alle jubeln, wenn er einen Diener macht. Das ist so eine Eigenart von ihm. Er zieht, wenn er gestreichelt wird, immer den Kopf zwischen die Vorderbeine. Ich meine zwar, dass das völlig affig ist, aber mich fragt keiner. Noch schlimmer sind aber die Zwillinge! Die lassen sich zwar nur von unseren Zweibeinern anfassen, aber dann geht's rund. Der männliche Zweibeiner klopft denen mit seiner flachen Hand aufs Hinterteil und

Leo und Lily schnurren, gurren, drehen und wenden sich und fangen an zu sabbern. Zu sabbern – das muss man sich mal vorstellen! Also, das geht ja gar nicht! Die drehen wirklich völlig durch und können gar nicht genug bekommen. Selbst wenn sie eins gewischt bekommen. Und genau das sind die Momente, wo unsere Zweibeiner sagen, die wären völlig schmerzfrei, hätten „Happy pills" genascht oder wären als Kitten da hinein gefallen wie ein Herr Obelix in so einen Zaubertrank.

Oder neulich auf dem Balkon: Mama hat da mehrere Blumenkübel stehen und für uns Katzengras. Das Betreten der Blumenkübel ist uns unter Androhung von Strafe verboten worden. Leo interessiert das nicht! Er legt sich einfach mitten rein. Mama ist dann wenig begeistert, wenn ihre Blumen platt sind, aber sie ist ja nicht immer mit uns draußen. Ich mache so einen Unsinn natürlich nicht! Naja, nicht solchen ... Ich habe dafür schon im Wohnzimmer der Nachbarin gesessen. Ähem – aber das ist wieder eine ganz andere Sache. Zurück zu Leo und dem Blumenkübel! Mama hat zur Abschreckung künstliche Pilze zwischen die Blumen gesteckt. Die wirken aber auch nicht bzw. anders als sie sollen. Leo benutzt sie als „Kuschelpilze". Der männliche

Zweibeiner meinte dazu nur kopfschüttelnd, entweder „Happy pills" oder „Happy Pilze", Hauptsache er merkt nichts!

Jetzt frage ich Sie, ist das möglich, dass meine Katzenkollegen heimlich Drogen
nehmen? Haben sie schon mal von so einem unglaublichen Fall gehört? Ich kenne sämtliche Ecken der Wohnung und inspiziere auch ständig das Futter der anderen, wenn ich nicht vorher erwischt werde, aber Drogen – Drogen habe ich noch nie entdeckt.

4. Die wilde Wutz

Hallo! Ich bin es wieder – Divi. Heute erzähle ich mal eine Geschichte von der kleinen schwarzen Lady, mit der wir leben müssen.

Lily ist eine ganz zierliche, kleine, schwarze Katzendame und ein Jahr jünger als ich. Wenn unsere Zweibeiner Besuch bekommen, dann sagt dieser häufig, sie würde aussehen wie ein Stofftier und fragt, wo die Batterien reinkommen, damit sie mit den Augen klimpert. Unser Frauchen - meine Mama - nennt sie auch schon mal „Furby", weil ihr Gesicht fast nur aus Augen besteht, wie Mama immer sagt. Als „Guckimonster" wird sie auch ab und an tituliert. Wir anderen nennen sie meist nur die wilde Wutz. Obwohl sie viel kleiner und leichter ist als wir, bekommen wir ständig Stress mit ihr. Das fängt schon

morgens bei der Fütterung an. Wir drei Kater warten friedlich vor der Küche, naja, mehr

oder minder. Unser Frauchen ist manchmal schon genervt, weil wir ihr - wie sie sagt - vor den Füßen rumwuseln und Theater machen.

Gut, wir haben halt Hunger. Madame Lily lässt sich nur selten zu dieser Prozedur herab. In der Regel kommt sie, wenn Frauchen schon in der Küche ist und verprügelt uns dann, damit sie den besten Platz an der Glastür bekommt. Selbst vor ihrem Zwillingsbruder macht sie nicht Halt. Das ist doch echt eine Frechheit! Also wir finden das schon ganz schön dreist! Wir sind jeden Morgen froh, wenn die Zicke sich mal nicht sehen lässt! Kommt allerdings sehr selten vor.

Ansonsten ist Lily auch nicht gerade zimperlich. Wir liegen alle gemütlich auf unseren Schlafplätzen und dann kommt sie an. Madame will entweder unbedingt in der Mitte liegen oder an der wärmsten Stelle. Sie beißt uns dann in die Ohren und nervt. Wenn Mama nicht gerade auf Futtersuche für uns ist, dann greift sie gelegentlich ein.

Aber auch die Mama stresst sie, weil sie mal eben aus dem Stand auf zwei Meter hohe Schränke springt. Unsere Zweibeiner haben inzwischen alles verbarrikadiert. Aber auch ihre Fressansprüche lassen unser Frauchen manchmal verzweifeln. Nicht nur, dass die extrem hoch sind – Madame bekommt ja immer Extrafutter – nein, sie beansprucht auch noch ihre eigenen Zeiten. Sie kommt manchmal gar nicht erst, wenn wir gefüttert werden. Und alles frisst sie schon gar nicht. Dies macht es aber noch schwerer für unser Frauchen, da Madame krank ist und Spezialfutter braucht.

Lily war nämlich todkrank und musste operiert werden. Es ging der kleinen Lady überhaupt nicht gut. Frauchen brauchte uns aber nichts zu sagen, wir haben sie auch so in Ruhe gelassen. Seit es ihr besser geht, bekommt sie besonderes Futter. Riecht zwar ganz gut, aber haben – nee – muss ich es auch nicht unbedingt. Wenn sie dann nicht frisst, wird Mama richtig böse. Meist überlegt die Lady sich das dann und frisst doch, wenn auch widerwillig.

Seit sie krank war, ist sie zwar nicht friedlicher geworden, aber für uns eine Konkurrenz bei den Zweibeinern. Sie hat sogar ihre „Lieblingsmusik". Okay, die habe ich auch ... Wahnsinnige Sprünge macht sie nicht mehr, dafür aber irrsinnige Kurvendrifts. Die hat sie sich von ihrem Bruder abgeguckt.

Wenn sie tobt, dann richtig. Ihrem Spitznamen – Quietschi – macht sie dann alle Ehre und dies in doppelter Hinsicht mit merkwürdigem Gequietsche und Schlitter-geräuschen auf dem Boden. Von den Malen, an denen ihre Stunts nicht klappen, wollen wir gar nicht reden. Die Zweibeiner schmunzeln immer oder schütteln den Kopf. Das soll nicht heißen, dass wir anderen nicht toben oder seltsame Dinge tun. Manchmal sogar mehr als den Zweibeinern lieb ist ...

Leo und ich jaulen gern den Mond an. Wenn der

gerade nicht da ist, dann irgendwas anderes. Dies auch gern mal mitten in der Nacht. Unser Frauchen ist immer sehr erbaut über solche Faxen und hat uns dann ganz besonders lieb oder warum ruft sie uns sonst?

Liebe

5. Nach dem Weltuntergang

Hella schaute kurz über den Tresen ihrer Strandbar hinaus auf den türkisfarbenen Atlantik. Sie atmete tief die frische Meerluft ein. Naja, so ganz frisch war sie hier im Innern der Strandbar nicht. Eigentlich konnte man es auch nicht Bar nennen, sondern eher Strandbude. Es roch nach Bier, Sangria, Knoblauch und Fisch. Außerdem war es ziemlich heiß. Der Ventilator machte zwar etwas Wind, brachte aber kaum Kühlung. Viel Zeit hatte sie nicht, um über die genaue Zusammensetzung der Gerüche oder die Hitze nachzudenken, da man nach ihr verlangte.

„Tres grande cerveza et dos platos de paella, Hella", rief Carlos, einer ihrer Angestellten, ihr zu. Hella sagte dem Koch Bescheid, der im abgetrennten Küchenbereich arbeitete und sie selbst bediente den Zapfhahn. Es gab heute recht viel zu tun. Die Tische vor der Bar waren komplett besetzt.

Die Liegen am Strand waren so ziemlich alle belegt und viele Urlauber flanierten am Wasser. Nach zwei Tagen Sturm, der um diese Jahreszeit hier nicht selten war - es war

immerhin Ende Oktober - strahlte die Sonne heute wieder mit den Touristen um die Wette. Hella konnte das nur recht sein. Schließlich war es gut für das Geschäft.

Sie und ihr Mann Miguel hatten die Strandbude und noch ein kleines Restaurant an der Strandpromenade hier auf Fuerteventura. Eigentlich war Hella nur die Aushilfe, auch wenn die Strandbar ihren Namen trug. Ihr Mann hatte das so gewollt. Hella war eigentlich Künstlerin und hatte sich auch schon einen richtigen Namen auf den Kanaren gemacht. Ihre Bilder hingen in vielen Banken und Restaurants. Häufig bekam sie auch Aufträge von Hotelmanagern. Inzwischen hätten sie allein von ihrer Kunst leben können. Doch Miguel liebte seine Bar und sein Restaurant, aber vor allem wollte er nicht von ihr abhängig sein. Sie konnte ihn nur zu gut verstehen.

Abhängig war sie auch vor ihrem persönlichen Weltuntergang - abhängig von ihrem Ex-Mann. Hella hatte ihren Ex an der Uni kennengelernt. Sie studierte Kunstwissenschaften und er Architektur. Um ihre Studentenbude zu finanzieren, gab sie Kurse in Maltechniken an der Uni. Einen dieser Kurse besuchte Josef. Schnell zogen sie zusammen, weil man so Geld sparen konnte - meinte er. Kurz darauf wurde geheiratet und sie wurde schwanger. Es war selbstverständlich, dass sie ihr Studium aufzugeben hatte. In Josefs Augen war Malerei sowieso nur brotlose Kunst und taugte maximal zum Hobby, während sein Architekturstudium natürlich sehr wichtig war. Naiv, wie sie damals war, machte sie alles so, wie man es von ihr verlangte. So wurde sie liebende Ehefrau und Mutter von zwei Kindern.

Sie zweifelte zwar hin und wieder an der klassischen Rollenverteilung, aber immer wenn sie etwas dagegen einwandte, wurde ihr vorgeworfen, sie sei undankbar, denn schließlich hätte sie doch alles, wovon andere

Frauen träumen würden: einen erfolgreichen Ehemann, entzückende Kinder, ein tolles Haus, schicke Klamotten und einen Zweitwagen, den andere gern als Erstgefährt hätten. Im Laufe der Jahre stumpfte sie innerlich ab und bildete sich letztlich sogar ein, dass sie es gut getroffen hätte und glücklich wäre. Sie gaukelte sich selbst eine heile Welt vor, bis ...

Bis zu dem Tag, an dem sie die Hosentaschen ihres Mannes leerte, die er bei einem Kongress trug, weil sie diese zur Reinigung bringen wollte. Auf dem Zettel, den sie fand, stand nicht viel, nur die paar Worte, die ihre heile Welt zusammenstürzen ließen: „Liebster Josef! Freue mich schon auf nachher, wenn wir endlich allein sind. Deine wilde Ruth".

Als Hella ihren Mann zur Rede stellte, machte er sich noch nicht einmal die Mühe, zu leugnen. Sie solle sich nicht so anstellen! So etwas gäbe es schließlich in den besten Familien. Außerdem sollte sie ehrlich zu sich selbst sein, die Attraktivste wäre sie schließlich

auch nicht mehr, was nicht heißen sollte, dass er sie nicht mehr lieben würde, schließlich war sie die Mutter seiner Kinder, aber er bräuchte auch etwas fürs Bett. Er gab sogar zu, dass das Verhältnis schon seit drei Jahren andauerte. Hella war es, als hätte sie der Blitz getroffen! So sah er sie also nach 28 Jahren Ehe! Sie war für ihn nur die Mutter seiner Kinder und die Ehefrau an seiner Seite für offizielle Anlässe, aber das war es dann auch. Hella packte noch am selben Abend ihre Sachen und zog in ein Hotel. Etwas Besseres war ihr in dem Moment nicht eingefallen. Sie war viel zu konfus, um einen klaren Gedanken fassen zu können. Das Schlimmste war, das sie auch noch die Schuld bei sich suchte. Ständig fragte sie sich, was sie hätte besser machen können. Das Telefonat mit ihrer Mutter verbesserte ihre Situation auch nicht. Ihre Mutter war der Auffassung, dass sie die „Sache" nicht so hochspielen sollte, denn schließlich wäre die Frau zum größten Teil daran schuld, wenn der Mann fremdging. Sie sollte gefälligst zu ihm und den Kindern zurückkehren, denn die Ärmsten

könnten ja am wenigsten dazu; außerdem sollte sie sich etwas Teures von seinem Geld leisten und den Seitensprung vergessen. Ihre Mutter war ihr noch nie so fremd wie in diesem Moment. Nach dem Gespräch war sie noch verwirrter als zuvor. Sie plünderte die Minibar und ließ sich noch eine Flasche teuren Rotwein auf ihr Zimmer bringen. Irgendwann brachte der Alkohol dann seine gewünschte Wirkung und sie schlief ein. Nach einer unruhigen Nacht wachte sie morgens wie gerädert auf. Die fremde Umgebung machte ihr schlagartig klar, dass sie nicht nur schlecht geträumt hatte. Sie fragte sich, was sie jetzt tun sollte. Da fiel ihr der Name einer Bekannten von der Wassergymnastik ein, die seit Kurzem selbst erst geschieden war. Sie kramte in ihrer Handtasche nach ihrem Adressbuch und rief sie an. Rosie war sofort zur Stelle. Hella heulte sich hemmungslos bei ihr aus, dann hörte sie sich Rosies Ratschläge an. Rosie meinte, sie sollte sich erst einmal beruhigen und dann darüber nachdenken, was sie für sich wollte, ob sie ihren Mann so lieben würde, dass sie ihm verzeihen könnte oder ob ihr Vertrauen unwiderruflich zerstört sei. Auf jeden Fall sollte sie vorerst Abstand halten, um einen klaren Kopf zu bekommen.

Nachdem Hella einige Tage im Hotel verbracht und mehrere Gespräche mit ihrem Mann, ihrer Mutter und ihren Kindern geführt hatte, kam sie zu dem Entschluss, dass es alles keinen Sinn mehr hatte. Selbst ihr Sohn und ihre Tochter, 27 und 24 Jahre alt, hielten zum Vater. Für Rosie war das keine große Überraschung, da ihr Vater ihnen finanzielle Sicherheit bieten konnte, während Hella ihnen so gut wie nichts bieten konnte. Hella war so wütend und enttäuscht, dass sie die Krallen ausfuhr. Sie nahm sich den Scheidungsanwalt, den Rosie ihr empfohlen hatte und der boxte bei der Scheidung einiges für sie durch. Es wurde nicht billig für ihren Gatten, zumal es keinen Ehevertrag gab. Bei ihren Kindern und ihrer Mutter fiel sie dadurch natürlich in Ungnade, aber das kümmerte sie herzlich wenig.

Nach ihrer Scheidung machte sie erst einmal mit Rosie zusammen Urlaub auf Fuerteventura. Die wieder gewonnene Freiheit feiern, wie sie es nannten. Hella liebte die Sonne, den Strand und das Meer. Sie lebte regelrecht auf. Eines abends, das Buffet in ihrem Hotel hing ihnen inzwischen zum Halse raus, landeten die zwei in Miguels Restaurant. Nach dem Essen setzten sie sich noch an die Bar, um einen Absacker zu trinken und so kamen sie ins Gespräch. Hella gefiel Miguels höfliche und zuvorkommende Art. Zuerst war es für sie nur ein Urlaubsflirt, der ihrem angeknacksten Ego gut tat. Wieder daheim merkte sie aber, dass sie mehr für ihn empfand. Ihm ging es offensichtlich genauso und so telefonierten sie jeden Abend. Schon nach kurzer Zeit entschloss sich Hella, ganz nach Fuerteventura zu gehen und ein neues Leben mit Miguel zu beginnen. Ihre Kinder, ihr Ex und ihre Mutter schrien Zeter und Mordio, aber das interessierte Hella nicht im Geringsten. Ihre Entscheidung stand fest! Sollte die neue Beziehung schiefgehen, dann hatte sie eben Pech. Das Gleiche konnte ihr auch in Deutschland passieren. Rosie bestärkte sie in ihrer Entscheidung, obwohl sie schon etwas traurig war, dass die Freundin nun so weit weg war.

Das Ganze war jetzt zehn Jahre her und sie war noch nie so glücklich und zufrieden in ihrem Leben. Sie und Miguel hatten geheiratet. Hellas Mutter war vor vier Jahren gestorben, richtig ausgesöhnt hatten sie sich nie. Ihre Kinder hingegen, die inzwischen eigene Familien hatten, besuchten sie und Miguel sogar und waren auch bei der Hochzeit anwesend. Sie gönnten Hella ihr neues Glück. Zu ihrem Ex-Mann hatte sie nur noch Kontakt, wenn es der Kinder zuliebe sein musste.

Hella konzentrierte ihre Gedanken wieder auf ihre Arbeit und machte das bestellte Bier fertig. Sie blickte hoch und suchte Carlos. Ihr Blick hielt kurz bei dem bunten Treiben am Strand inne und Hella musste sich eingestehen, dass sich ihr Leben nach dem „Weltuntergang" nicht nur einfach verbessert, sondern eigentlich erst begonnen hatte

6. Eine Liebe quer durchs Ruhrgebiet

Es war Samstagabend viertel vor elf, als es anfing zu hämmern in ihrem Mietshaus. Die Klopfgeräusche zu orten, war schwierig, da der Bau aus Beton war. Es konnte prinzipiell von überall herkommen. Die zwei machten sich auf den Weg. Die zwei, das waren sie aus dem 5. Stock und er aus dem 3. Stock. Nachdem sie ihr Stockwerk und die beiden Stockwerk darüber überprüft hatte, machte sie sich auf den Weg nach unten. Er hatte indessen sein Stockwerk und die darunter inspiziert. Im 4. Stock trafen sie sich – beim Lauschen an den Türen. Zuerst war beiden die Situation peinlich, dann mussten sie leise kichern.

„Geht Ihnen das Gehämmer auch auf die Nerven?", fragte sie zaghaft flüsternd. –

„Das kann man wohl laut sagen! Tagsüber sagt man ja nichts, aber um diese Uhrzeit muss das ja wirklich nicht mehr sein!", antwortete er etwas verlegen, aber ebenso leise. –

„Nee, das finde ich auch! Haben Sie denn etwas feststellen können?", wollte sie weiter wissen. –

„Nein, unten und im 3. konnte ich nichts hören, dabei hämmerte es noch, als ich meine Wohnung verließ", gab er zurück. –

„Komisch, bei mir ist es ähnlich. Im 5. und darüber konnte ich auch nichts orten. Blöderweise hat es jetzt aufgehört. Was sollen wir machen? Warten bis es wieder anfängt?", wollte sie immer noch flüsternd wissen. –

„Wahrscheinlich keine gute Idee", meinte er noch, dann ging das Licht im Flur aus.

Sie tapsten vorsichtig durch den dunklen Flur und suchten mit den Händen nach dem Lichtschalter. Beim Betätigen des Schalters berührten sich ihre Finger. Als das Licht wieder anging, sahen sich beide verwirrt an.

„Ich weiß ja nicht, was Sie jetzt noch so vorhatten, aber wenn Sie Zeit und Lust hätten, dann könnten wir ja vielleicht gemeinsam etwas auf die Aufregung trinken. Sie können ja ihrem Partner auch noch Bescheid sagen", schlug er unsicher vor. –

„Ja, wenn es Ihnen und Ihrer Frau recht ist,

dann würde ich das gern tun, aber mit einem Partner kann ich leider nicht dienen. Vielleicht meldet sich der Klopfer in der Zeit auch noch einmal, dann könnten wir nochmals gemeinsam los", gab sie verlegen zurück. –

„Ich habe keine Frau – bin Single. Ich hoffe, das stört sie jetzt nicht. Es ist sonst nicht meine Art, fremde Frauen nachts zu mir nach Hause einzuladen", erwiderte er schüchtern. „Mehr als Bier und Sprudel kann ich Ihnen leider nicht anbieten." –

„Das ist nicht schlimm! Ich habe noch eine Flasche

Wein oben. Die kann ich kurz holen", sagte sie leise. – „Gut, dann treffen wir uns gleich unten bei mir. Die Tür lasse ich für sie offen", entgegnete er.

Sie ging nach oben, um den Wein zu holen und er nach unten. Während sie sich kurz im Badezimmer zurecht machte, räumte er noch ganz hektisch sein Wohnzimmer auf. Als sie bei ihm ankam, hörte sie leise Musik aus seiner Wohnung. „Mein Geschmack", dachte sie beim Betreten der Wohnung und musste unwillkürlich lächeln.

Anfangs wussten sie nicht so recht, was sie sich sagen sollten. Also begannen sie mit Small-Talk, was das Haus und die Nachbarschaft betraf. Sie fingen an, ein wenig zu lästern und zu lachen. Dabei stellten sie fest, dass ihre Meinungen sehr ähnlich waren. Dies traf auch für ihren Musikgeschmack zu. Langsam löste sich die Unsicherheit der beiden – der Alkohol tat sein Übriges – und sie begannen, über sich zu reden. Dabei entdeckten sie erstaunliche Gemeinsamkeiten. Er war gebürtiger Recklinghäuser, sie

gebürtige Gelsenkirchenerin. Beide hatten ihre Ausbildung in Recklinghausen gemacht - er im Großhandel, sie im Einzelhandel, allerdings zeitversetzt, da er fünf Jahre älter war als sie. Beide besuchten während der Zeit die gleichen Restaurants, Lokale und Kinos.

„Kennst du den Italiener in der Innenstadt, wo

man oben sitzt?", fragte sie ihn. –

„Meinst du den am Erotikshop, wo man die Leute immer beobachten konnte, wie sie sich zigmal umdrehten, bevor sie reingingen?", wollte er grinsend wissen. –

„Genau den! Wir haben da oben gesessen und kamen kaum zum Essen, weil wir uns so amüsiert haben", antwortete sie lachend. –

„Stimmt! Da konnte man sich wirklich totlachen. Die waren soooo unauffällig, dass sie zwangsläufig auffielen. Aber das Essen da war echt gut! Warst du in der letzten Zeit mal dort?", fragte er sie. –

„Nein, schon lange nicht mehr. Obwohl es mich schon interessieren würde, ob es den noch gibt", erwiderte sie. –

„Mich auch! Wenn du Lust hast, dann können wir ja mal gemeinsam nach Recklinghausen fahren", meinte er. –

„Warum nicht! Ich war schon lange nicht mehr da", sagte sie. „Wie bist du dann in Bochum gelandet?", wollte sie von ihm wissen. „Das ist eine lange Geschichte", war seine Antwort. –

„Okay, ich wollte auch nicht neugierig sein", gab sie zurück. –

„Nein, nein! Dass sollte es jetzt nicht heißen. Wenn du magst, erzähle ich es dir", sagte er schnell. „Dann musst du mir aber auch sagen, wie du hierher kamst."

„Damit kann ich leben!", erwiderte sie. „Fängst du an oder soll ich?" –

„Ich fange an, dann habe ich es hinter mir",

meinte er leicht gequält. „Also, ich hatte einen ziemlich guten Job in Norddeutschland. Ich war Außendienstmitarbeiter bei einer großen Firma. Eines Tages verschlug es mich jobmäßig wieder ins Ruhrgebiet. Ich hatte mir

dann auch gleich ein paar Tage freigenommen, damit ich meine Familie besuchen konnte. Abends bin ich mit alten Kollegen in Bochum rausgegangen. Da traf ich sie, sie war übrigens auch aus Gelsenkirchen – Liebe auf den ersten Blick. Naja, eine Distanzbeziehung wollten wir beide auf Dauer nicht, sie wollte aber auch nicht in den Norden. Letztlich bin ich zurückgekommen. Meine Firma hatte eine Außenstelle in Gelsenkirchen, also kein Problem. Es lief anfangs alles auch ganz gut, gemeinsame Wohnung, Hochzeit, alles in kurzer Zeit, alles prima. Bis ...", stockte er. –

„Bis?", fragte sie zaghaft. –

„Bis die Außenstelle dicht machte und ich arbeitslos wurde. Da war ich ihr nicht mehr gut genug. Sie fing an zu nörgeln, so von wegen, was soll ich meinen Freundinnen und den Nachbarn erzählen, dass du immer Zuhause rumhängst und so weiter. Naja, eines

Tages kam sie dann an und meinte, sie würde ausziehen, weil sie es mit mir nicht mehr aushalten würde.

Später kam ich dahinter, dass sie längst einen anderen hatte. Damals war ich ziemlich daneben und habe mich gehen lassen. Irgendwann reichte dann mein Geld nicht mehr. Die Scheidung war auch nicht gerade billig. Ich musste die große Wohnung aufgeben und mich verkleinern. Zum meinem Glück bekam ich zeitgleich ein Jobangebot hier in Bochum. Tja, und so bin ich hier gelandet", beendete er seine Ausführungen. –

„Das tut mir leid! Aber mir ging es auch nicht besser! Mein Mann, sorry Ex-Mann, und ich wohnten in Marl. Wir hatten ein schönes, kleines Häuschen. Nach meiner Lehre hatte ich mich bis zur stellvertretenden Filialleiterin hochgearbeitet. Mein Ex hat einen Managerposten. Nach der Geburt unserer Tochter hörte ich auf zu arbeiten. Alles lief ganz normal, bis ...", diesmal stockte sie, bemüht ihre Tränen zu unterdrücken. –

„Wenn es dir schwer fällt weiterzureden, dann musst du das nicht. Ich könnte schon verstehen, wenn du dich einem eigentlich Wildfremden nicht unbedingt anvertrauen willst", sagte er betreten. –

„Schon gut!", erwiderte sie, atmete einmal tief durch

und fuhr fort, „Bis die Kleine bei einem Verkehrsunfall starb. Er gab mir die Schuld. Ich hätte nicht aufgepasst. Dabei konnte ich nichts dazu. Sie hatte – wie schon so oft vorher – mit Nachbarskindern auf der Straße gespielt. Die Straße war eine Spielstraße. An dem Nachmittag hat ein betrunkener Autofahrer die Kontrolle über sein Auto verloren und ist in die Gruppe der Kinder gefahren. Meine Kleine starb, zwei andere wurden schwer verletzt. Mein Ex und ich hatten uns nach der Beerdigung nichts mehr zu sagen. Die Scheidung folgte recht schnell. Über meinen ehemaligen Arbeitgeber habe ich dann eine Anstellung hier in Bochum bekommen. Das ist jetzt drei Jahre her. Seitdem wohne ich auch hier", schloss sie. –

„Da ist meine Geschichte ja lächerlich gegen! Sorry, dass ich dich mit meinen Peanuts vollgequatscht habe", äußerte er sich peinlich berührt. –

„Du hast mich nicht vollgequatscht und für Peanuts halte ich deine Leidensgeschichte auch nicht. Wir haben wohl beide unser Bündel zu tragen", meinte sie daraufhin. –

„Ja, nur finde ich deine Geschichte wirklich für schlimmer. Ich weiß gar nicht, was ich dazu sagen soll. Komisch finde ich nur, dass wir uns erst heute begegnet sind und nicht schon eher. Ich wohne nämlich auch schon seit zwei Jahren hier im Haus. Naja, in so einem Bunker gehen Leute schonmal verschütt", äußerte er schmunzelnd. –

„Allerdings", pflichtete sie bei. „Das ist aber ein wirklich seltsamer Zufall." –

„Zufall oder Bestimmung? Ich weiß es nicht. Ich bin aber froh, dass wir uns getroffen haben. Übrigens? Hast du noch etwas von unserem Klopfer gehört?", fragte er sie. –

„Nein! Jetzt, wo du mich drauf aufmerksam machst, fällt mir auch auf, dass er Ruhe gegeben hat", antwortete sie und fing an zu lachen.

Sie unterhielten sich noch über dies und das. So fanden sie heraus, dass sie gern mal in Oberhausen shoppen gingen, in Essen die vielfältigen Möglichkeiten am Baldeneysee nutzten oder das Wochenende im Freizeitbad Heveney verbrachten. Die zwei fragten sich, warum sie sich in der ganzen Zeit nicht früher begegnet waren.

Als sie ihn morgens um halb vier verließ und die Treppen zu ihrer Wohnung hinaufging, hatte sie ein unglaublich tolles Gefühl in der Magengegend – und dies nicht nur wegen des Weins.

Er, als er die Tür hinter ihr schloss, war sich sicher, dass dies erst der Anfang einer tollen Beziehung sein würde. Er konnte den nächsten Morgen und das

Frühstück bei ihr, das sie beim Abschied noch vereinbart hatten, kaum erwarten. Das Ruhrgebiet war so groß und gleichzeitig doch so klein …

7. Hals über Kopf in Turbulenzen

Der Sonntagnachmittag ließ sich ruhig an. Das war auch ganz gut so, da Maria und ihre Kollegen unterbesetzt waren. Das Aprilwetter hatte zwei Kollegen eine schwere Erkältung beschert. Tom, der sonst nebenan im Restaurantbereich arbeitete, war zwar eingesprungen, aber es fehlten dennoch zwei Hände. Maria rechnete Tom hoch an, dass er eine Doppelschicht machte, um zu helfen, aber richtig auskennen, tat er sich im Cafébereich nicht, was für die verbliebenen Kollegen und sie Mehrarbeit bedeutete. Aber gut, den einen Tag würden sie auch so überstehen. Das Wetter war nicht gerade berauschend, so dass nicht mit allzu vielen Gästen zu rechnen war.

Maria und Tom nutzten die ruhige Phase, um sich ein wenig zu unterhalten, als die Eingangstür aufging und eine Gruppe junger Damen das Café betraten. Sie suchten sich einen Tisch und ließen sich nieder. Der Tisch gehörte ausgerechnet zu Toms Bereich. Maria hatte so ihre Bedenken, ob Tom wirklich mit acht ausgelassenen Frauen zurecht kommen würde. Tom stellte sich mit Begeisterung

dieser Herausforderung. Die Damen bestellten zuerst Kaffee und Kuchen, später dann Sekt.

Die Stimmung am Tisch wurde immer ausgelassener und die Damen fingen an, mit Tom zu scherzen und zu flirten, der das aber sichtlich genoss. Durch seine Arbeit im Restaurant war er ja schon einiges gewohnt, aber die Situation mit so vielen Frauen war wohl auch für ihn ungewohnt. Maria griff ihm immer wieder helfend unter die Arme und amüsierte sich darüber, wie sehr sich Tom teilweise aus der Fassung bringen ließ. Sie konnte ja nicht ahnen, warum – noch nicht.

Tom überschlug sich regelrecht für den „Damentisch", vergaß dabei aber die anderen Gäste nicht. Er sprühte vor Charme und seine Augen leuchteten. Er hatte reichlich Spaß. Die jungen Frauen aber offensichtlich auch. Letzteres konnte Maria durchaus verstehen, da Tom ein wirklich attraktiver Sunnyboy war. Wäre sie ein paar Jahre jünger und nicht

verheiratet ... Wer weiß?

Am frühen Abend dann wollten die Damen bezahlen. Tom machte die Rechnung fertig und brachte sie zum Tisch. Was dann geschah, verschlug selbst Maria, die schon einiges erlebt hatte, die Sprache. Tom fiel vor einer der jungen Frauen auf die Knie und machte ihr einen Heiratsantrag. Im Raum wurde es mucksmäuschenstill, alle Köpfe wandten sich der Szene zu. Die junge Frau stand sichtlich amüsiert auf und sagte achselzuckend und mit leichtem Bedauern in der Stimme: „Tut mir leid, aber das müsstest du dann mit meinem Zukünftigen ausdiskutieren. Heute war mein Junggesellinnenabschied." -

Tom, dem man ansah, dass er schwer betroffen war, stand auf und meinte ganz lapidar: „Naja, war einen Versuch wert!"

Als die Frauen gegangen waren, fing das Getuschel im Raum an. Maria nahm Tom zur Seite und wollte von ihm wissen: „Was war das denn für eine Aktion?" Er antwortete traurig: „Das war mir verdammt ernst! Ich habe mich Hals über Kopf in sie verliebt. Sie ist meine Traumfrau! Ich musste es einfach versuchen!"

„Musste es ausgerechnet die angehende Braut sein?", wollte Maria noch wissen und versuchte Tom zu trösten, so gut es eben ging, weil dem das Ganze jetzt furchtbar peinlich war. Toms „Heiratsantrag" war die ganze Woche das Tuschelthema Nummer eins. Der Chef war auch nicht gerade erbaut über den, wie er es nannte, „Ausrutscher" seines Angestellten.

Drei Wochen später …

Der heutige Samstag würde stressig, das war allen klar. Der Chef hatte beschlossen, dass die Terrasse heute eröffnet werden sollte. Laut Wetterbericht sollte das Wetter am Wochenende sehr schön werden, warm und sonnig. Die Beschäftigten des Stadtparkcafés wussten, was auf sie zukam – jede Menge Arbeit. Für den Terrassenbereich sollten eigentlich noch Aushilfskräfte eingestellt werden, da darüber aber noch keine Entscheidung gefallen war, wurde auf die Kräfte des Restaurants zurückgegriffen. Tom gehörte auch dazu.

Der arme Kerl war immer noch kreuzunglücklich, weil sie tatsächlich seine Traumfrau war, die er nun nie bekommen konnte. Langsam begriffen auch die

Kollegen, dass die ganze Sache ernster war, als sie zunächst aussah. Langsam bekamen sie Mitleid mit dem Liebeskranken.

Maria hatte Tom seit dem Sonntag nicht oft gesehen, aber wenn, dann sprach er nur von ihr. Er stellte Maria tausend Fragen wie, warum er sie nicht schon eher getroffen hatte, warum er sich ausgerechnet in sie verlieben musste oder ob Liebeskummer immer so weh täte. Maria versuchte ihr Bestes, um ihn zu trösten, aber es gelang ihr nicht wirklich.

Heute sollte Maria wieder mit Tom zusammen im Café arbeiten. Sie hatte sich seelisch schon darauf eingerichtet, wieder die

Trösterin spielen zu müssen, obwohl das nicht einfach werden würde bei dem Publikumsverkehr. Die Sonne hatte wirklich viele Menschen in den Park und anschließend ins Café gelockt. Die Eröffnung der Terrasse war ein voller Erfolg. Kaum wurde ein Tisch frei, wurde er schon aus mehreren Richtungen bestürmt. Maria wusste nicht, ob es am Wetter lag, aber Tom machte einen recht fröhlichen Eindruck und so hatte sie eine Sorge weniger. Der Nachmittag verging wie im Flug.

Es ging auf den frühen Abend zu, als Tom sich gerade von Maria verabschieden und in den Restaurantbereich wechseln wollte, da ging die Tür auf und **sie** kam herein. Sie war nicht allein, aber auch nicht in Begleitung eines Mannes. Eine Frau war dabei. Maria erkannte gleich, dass es die Mutter oder zumindest eine nahe Verwandte sein musste, da die Ähnlichkeit frappierend war. Tom fiel die Kinnlade herunter, aber zum Glück nichts aus der Hand. Die beiden Frauen setzten sich an einen Tisch, der zu Marias Servicebereich gehörte. Maria ging zu ihnen rüber. Kurz darauf kam sie mit einem Lächeln zurück zum Tresen, wo Tom immer noch staunend stand und sagte zu ihm:

„Dein Auftritt Casanova! Die Damen möchten von dir bedient werden." –

„Von mir?", fragte Tom ungläubig. –

„Ja, von dir! Jetzt geh schon!", antwortete Maria und schubste Tom leicht an.

Tom tat, wie ihm geheißen, sprach mit den beiden Frauen und kam kurze Zeit später wieder. Nein, er kam nicht, er schwebte.

„Zwei Tassen Cappuccino, bitte", orderte er strahlend. –

„Zwei Cappu? Das war's?", wollte Maria wissen. –

„Ja, das war's! Die Damen wechseln gleich mit mir ins Restaurant", flötete Tom jetzt regelrecht. –

„Wie? Sie wechseln mit dir ins Restaurant?", fragte Maria völlig verblüfft. –

„Sie möchten lieber etwas essen." –

„Warum kamen sie dann erst ins Café?" –

„Vielleicht weil wir uns hier zum ersten Mal begegnet sind?!" –

„Hör auf, du kleiner Spinner!", lachte Maria und schlug Tom scherzhaft auf die Schulter.

Aber tatsächlich, als Tom eine viertel Stunde später seinen Dienst im Restaurant aufnahm, brachen auch die Frauen auf. Nachdem Maria kassiert hatte, hörte sie die ältere der beiden noch sagen: „War doch eine gute Idee, hierher zu kommen, oder? Wer weiß, vielleicht wird der Abend nebenan noch richtig schön. Auf mich macht er jedenfalls einen netten Eindruck!"

Der Sonntag im Café gestaltete sich für alle Mitarbeiter sehr hektisch. Die Entscheidung des Chefs, die Terrasse am Samstag zu öffnen, war zwar aufgrund des Wetters goldrichtig, aber wegen des Personalmangels kaum zu bewältigen. Nicht nur, dass die Aushilfskräfte fehlten, auch vom Stammpersonal hatte sich eine Kollegin krank gemeldet. Maria musste schon fast rennen, um allen Gästen schnell gerecht zu werden. Es ärgerte sie, dass sie noch nicht einmal die Zeit hatte, wenigstens mit den Stammgästen mal ein paar Worte zu wechseln. Maria war es immer sehr wichtig,

dass sie nicht nur ihren Job ordentlich erledigte, sondern auch das Zwischen-menschliche nicht zu kurz kam. Dies war auch der Grund, warum sie ebenso beliebt bei den Gästen wie bei den Kollegen war. Heute kam sie aber zu gar nichts. Solche Arbeitstage mochte sie gar nicht und so sehnte sie sich den Feierabend regelrecht herbei.

Endlich war es so weit. Sie machte noch ihre Abrechnung und ging dann ins Restaurant rüber, um ihre Bestellung mitzunehmen. Nach diesem Tag hatte sie absolut keine Lust mehr zu kochen. Da die Speisen im Restaurant vorzüglich waren, ließ sie sich etwas fertig machen. Ihr Mann würde sich freuen, denn das gönnten sie sich nur selten.

Im Restaurant traf sie Tom, der auf Wolke sieben zu schweben schien. Als er sie sah, begann er „Maria" aus „West Side Story" zu schmettern. Die Gäste guckten irritiert und Maria war etwas peinlich berührt, konnte sich aber ein Schmunzeln nicht verkneifen. Sie nahm an der Bar Platz, um auf ihr Essen zu warten. Tom eilte ihr – immer noch singend – entgegen. Dabei änderte er sein Repertoire in „What a feeling" aus „Flashdance".

„Tom, kannst du mir bitte mal erklären, was mit dir los ist", wollte Maria wissen. –

„Mit mir? Ich bin einfach nur gut drauf. Heute ist Sonntag und morgen ist Ruhetag", war seine Antwort, die er mit mehr als einem unverschämten Grinsen gab. –

„Ja!", gab Maria zurück. „Das ist mir auch bekannt! Es war schon öfter Sonntag und da bist du nicht so ausgeflippt. Komm, jetzt sag schon! Hat das irgendetwas mit deiner Traumfrau und dem gestrigen Abend zu tun?"

„Kann schon sein ...", flötete Tom. –

„Tom, jetzt rede mit mir oder ich tröste dich nie mehr!", drohte Maria. –

„Ja, es hat mir ich zu tun! Was ich dir jetzt erzähle, glaubst du eh nicht!" –

„Das lass mich mal entscheiden! Schieß los!", forderte Maria ihn auf. –

„Vor der Hochzeit gab es totale Turbulenzen, die

dazu führten, dass die Hochzeit abgesagt und die Beziehung beendet wurde", berichtete Tom. –

„Wie bitte????? Das müssen aber mächtige Turbulenzen gewesen sein, wenn die Hochzeit sooo kurzfristig abgesagt wurde." –

„Allerdings! Tina ist dahinter gekommen, dass ihr Ehemann in spe sie betrügt", sagte Tom. –

„Du meinst, betrogen hat", korrigierte Maria.

„Nein! Betrügt! Er hatte offensichtlich vor, dass Verhältnis auch nach der Heirat aufrecht zu erhalten. Dumm nur, dass Tina beziehungsweise deren beste Freundin per Zufall dahinter gekommen ist", klärte Tom Maria auf. –

„Das gibt es doch nicht! Wie dreist ist das denn? Und da hat sie noch nicht die Nase voll von Männern? Denn, wenn sie es hätte, hätte sie dich ja nicht besucht", meinte Maria. –

„Doch, eigentlich schon. Dass sie gestern da war, hatte ich ihrer Mutter zu verdanken. Sie hatte die Story von dem Heiratsantrag gehört und gemeint, dass Tina ein wenig Ablenkung gebrauchen könnte. Das Ganze war eine ziemliche Demütigung für sie", erwiderte Tom. –

„Allerdings! Ich glaube, ich hätte den Kerl gelyncht!", sagte Maria kopfschüttelnd. –

„Den Gedanken müssen mehrere gehabt haben, denn er hat ein blaues Auge. Tina und ihre Mutter wussten aber auch nicht von wem." –

„Geschieht ihm recht! Kann ja auch die andere Seite gewesen sein. Vielleicht hat er die ebenso schändlich hintergangen. Und seht ihr euch denn wieder?" –

„Jetzt, wo sie frei ist, gebe ich die Hoffnung nicht auf! Wir mailen und simsen immerhin schon", gab Tom grinsend zurück. –

„Tina und Tom – hört sich irgendwie gut an! Ja dann, viel Glück! Ich will mich ja nicht als Liebesberaterin aufspielen, aber gib ihr etwas Zeit ..." –

„Das werde ich! Vielleicht sollte ja alles so kommen und sie sieht es irgendwann auch so", sagte Tom nachdenklich. –

„Ja, vielleicht! Ich hoffe es für dich!", bemerkte Maria abschließend, bevor sie mit ihrem inzwischen fertigen Essen das Restaurant verließ.

8. Der Rockstar

Da stand Simone so ganz allein in ihrem Hotelzimmer völlig unsicher und nervös vor dem Spiegel. Konnte sie wirklich so zu dem Event gehen, überlegte sie. Allerdings war es jetzt eh zu spät, um sich nochmals umzustylen. Simone hätte Britta, ihre beste Freundin, in diesem Moment töten können, weil sie ihr das eingebrockt hatte.

„Wie konnte Britta nur auf diese blöde Idee kommen, an einer Eventverlosung - Exklusiv-Konzert für geladene Gäste mit anschließender Party und Unterbringung im selben Hotel wie die Band - unter Simones Namen teilzunehmen und dann noch zu gewinnen? Wie meinte sie auch noch so tiefsinnig? Freu dich und stell dich nicht so an! Die Jungs von der Band werden dich schon nicht fressen", schleuderte sie empört ihrem Spiegelbild entgegen.

Verstimmt verließ sie das Hotelzimmer, um pünktlich am vorgegebenen Treffpunkt zu sein. Unterwegs dorthin begegnete ihr Dave, der Sänger der Band. Für ihn hatte sie schon
als junge Frau geschwärmt. Er sah ziemlich verwegen aus mit seinem Kopftuch und den geschminkten Augen, gut, etwas älter, aber auch interessanter. Für einen kurzen Moment trafen sich ihre Blicke. Er grüßte sie mit einem kurzen Kopfnicken. Plötzlich machte ihr Magen einen Purzelbaum und ihr Herz schlug ganz heftig gegen ihre Brust. „Wow - was für ein Mann! Der sieht in natura echt megamäßig aus ...",

dachte sie, dann traf sie auch schon auf die anderen geladenen Gäste. Gemeinsam ging es mit dem Bus zur Konzerthalle. Die Show war super, die Band gab alles. Simone befand, dass es sich schon allein für das Konzert gelohnt hatte, anzureisen. Sie war gar nicht mehr zornig, sondern Britta jetzt richtig dankbar.

Die anschließende After-Show-Party fand im Hotel statt. Simone hatte schon während des Konzerts Kontakt zu anderen Gästen geknüpft und war überhaupt nicht mehr unsicher. Im Gegenteil, sie hatte richtig Spaß. Im Laufe des Abends lernte sie auch einige Band- und Crew-Mitglieder kennen. Sie musste ihrer Freundin Recht geben, die

wollten sie wirklich nicht fressen. Plötzlich stand sie Dave gegenüber. Dirk, ein Mitarbeiter der Plattenfirma, die zu diesem Event geladen hatte, stellte sie einander vor. Sie gaben sich die Hand. Dave schaute ihr tief in die Augen und Simone bekam weiche Knie.

Mit ihren 35 Jahren fühlte sie sich plötzlich wieder wie ein pubertierender Teenie. Bis auf ein „Hi" sprach keiner ein Wort. Erst als sich Dirk räusperte und meinte, dass sie weiter müssten, ließen sie ihre Hände los.

„Da hat aber eine Eindruck hinterlassen! So sprachlos kenne ich Dave sonst gar nicht", kommentierte Dirk verwundert die Situation.

Leider ging es dann direkt wieder ins Getümmel. Irgendwann war Simone nach Frischluft und sie verließ den Saal in Richtung Terrasse. Während sie dort stand, durchatmete und über ihre Begegnung mit Dave nachdachte, berührte jemand von hinten vorsichtig ihre Schultern. Simone erschrak und drehte sich ruckartig um. Sie traute ihren Augen kaum. Es war Dave, der sie in den Arm genommen hatte.

„Ich habe dich schon den ganzen Abend

beobachtet und nur darauf gewartet, dass ich dich allein erwische. Ich weiß nicht warum, aber ich mag dich. Du heißt Simone, stimmt's?", wollte er wissen. –

„St-sti-stimmt", stammelte sie. –

„Hallo Simone! Ich bin Dave, aber das weißt du wahrscheinlich", gab er amüsiert zurück und zog sie näher an sich. Er sah ihr jetzt erneut ganz tief in die Augen und gab ihren einen ganz sanften Kuss auf den Mund. Sie wehrte sich nicht dagegen. Als er anfing zärtlich ihren Hals zu küssen, wurde ihr schwindelig. „Das kann nur ein Traum sein!", schoss es ihr durch den Kopf. Daves Küsse wurden immer leidenschaftlicher. Seine Hände wanderten über ihren Körper. Erst zögerlich, dann aber mit der gleichen Leidenschaft erwiderte sie seine Liebkosungen.

"Ich möchte die ganze Nacht mit dir verbringen", hauchte er ihr ins Ohr. –

„Dave, das geht nicht. Wir kennen uns doch kaum", wand sie halbherzig ein. –

„Dann müssen wir uns halt kennenlernen",

raunte er zwischen zwei Küssen. „Bitte gib mir deine Zimmernummer. Ich komme nach der Party noch zu dir." –

Simone zögerte, sagte ihm dann aber doch die

Nummer. Sie glaubte zu träumen.

Die Realität holte sie jedoch bald ein, als Dave von seinen Bandkollegen wieder zur Party gerufen wurde. Er hatte schließlich einen Job zu machen. Den Rest des Abends hatten sie kaum mehr Gelegenheit miteinander zu reden. Hin und wieder winkte er oder zwinkerte ihr zu. Gegen halb zwei Uhr verließ Simone die Party. Unauffällig signalisierte sie es Dave. Da die Party noch in vollem Gange war, glaubte sie nicht, dass sie sich noch sehen würden. Dennoch wartete sie eine gute Stunde, bevor sie ins Bett ging. Aufgewühlt wie sie war, fiel ihr das Einschlafen mehr als schwer. Irgendwann übermannte sie dann aber die Müdigkeit.

Gegen frühen Morgen wurde sie wach, weil jemand sie ganz vorsichtig in den Arm nahm und ihren Nacken küsste. Sie drehte sich um und im fahlen Licht des Mondes konnte sie Dave erkennen.

„Wie bist du in mein Zimmer gekommen", fragte sie schlaftrunken. –

„Das ist der Vorteil, wenn man ein Rockstar ist! Allein diese Tatsache öffnet einem manch-mal Tür und Tor ... Mehr verrate ich aber nicht! Ich habe doch gesagt, dass ich noch zu dir komme. Hattest du Zweifel?" –

„Ja, nein, doch, irgendwie eher nicht - ach, ich weiß nicht", gab sie zurück. –

Dave lachte leise. „Ich bin zwar ein Rockstar, aber ich bin auch ein ganz normaler Mann. Nicht jeden Tag begegnet mir eine Frau, bei der es gleich Klick macht. Diese Chance muss ich doch nutzen", erklärte er. –

„Wie konnte es Klick machen? Du kennst mich doch gar nicht", erwiderte sie. –

„Mir gefällt aber dein Äußeres, deine Art zu lächeln, wie du dich bewegst. Ich möchte mehr von dir wissen. Ich bin nicht hier, um mit dir eben in die Kiste zu springen. Dafür gibt es genug andere Frauen", sagte er und verzog dabei das Gesicht. „Nicht, dass ich etwas gegen diese Frauen hätte, aber mehr als Sex ist da nicht. Von dir will ich mehr – sogar sehr viel mehr", sagte Dave.

Simone war sprachlos. Der Mann für den sie seit Jahren schwärmte, sollte sich tatsächlich in sie verliebt haben? Das war für sie nahezu unvorstellbar.

„Darf ich heute Nacht bei dir schlafen", fragte Dave beinahe schüchtern. „Nicht, dass du jetzt etwas Falsches denkst, nur bei dir, nicht mit dir. Vielleicht ein wenig kuscheln?" –

„Wenn du artig bist, darfst du bleiben", entschied Simone mit einem Lächeln.

Dave nahm sie zufrieden in den Arm und küsste sie ganz zärtlich. Aneinander gekuschelt redeten sie noch eine ganze Weile bis sie letztendlich doch einschliefen.

Am frühen Vormittag war die Romantik je vorbei. Dave musste mit der Band weiter und Simone zurück nach Hause. Sie hatten gerade noch so viel Zeit sich zu verabschieden und ihre Handynummern auszutauschen.

„Erzähl! Wie war es?", wollte Britta neugierig wissen. –

„Es war toll! Das Konzert war einfach klasse, die anschließende Party ebenfalls. Die Leute, inklusive der Band und der Crew waren alle nett. Es war ein echtes Erlebnis!", antwortete Simone begeistert, allerdings ohne Dave zu erwähnen. –

„Ist dieser Dave wirklich so umwerfend, wie alle sagen? Muss ja wohl, sonst würden nicht alle von ihm schwärmen! Der soll ja Frauen ohne Ende haben. Naja, was ich bisher über ihn gelesen habe, waren da ja schon einige Granaten bei, so Topmodels und Schauspielerinnen. Da können wir graue Mäuse natürlich nicht mithalten. Wir können froh sein, wenn wir mal mit ihm in einem Raum waren und er uns eventuell eines Blickes würdigt."

Rumms! Das hatte gesessen! Simone musste schwer schlucken. War sie vielleicht doch nur ein „One-Night-Stand für Arme" für ihn und er hatte ihr nur etwas vorgemacht. Hat er sie nur benutzt, damit er die Nacht - ganz unverbindlich - nicht allein verbringen zu müssen?

Jetzt erinnerte sie sich auch an all die Storys, die in der Presse standen. Sollte sie wirklich so ein naives Schaf gewesen sein? Simone fing an, sich über sich selbst zu ärgern.

In der ersten Zeit hatte sie keinen wirklichen Grund dafür. Sobald es irgendwie ging, meldete er sich, egal wie. Nach einer Weile war plötzlich Funkstille. Sein Handy war tot, keine Mails mehr. Simone versuchte alles zu vergessen, was ihr aber nicht leicht fiel, da sie nicht glauben konnte, dass seine Küsse und

Liebkosungen gelogen waren. In seinen E-Mails, Handynachrichten und Anrufen beteuerte er stets, dass er sie lieben und vermissen würde. Simone war enttäuscht und verletzt. Sollte sie sich so geirrt haben? Die Wochen vergingen und sie musste sich eingestehen, dass sie wohl doch nur eine sehr kurze Episode in seinem Leben war. Der graue Alltag, der ihr nun noch grauer erschien, hatte sie allmählich wieder. Bis ...

Bis es spätabends an ihrer Tür klingelte. Zuerst war sie verunsichert, dann aber siegte ihre Neugier. Simone betätigte den Knopf der Gegensprechanlage und fragte nach.

„Hi, ich bin's, Dave. Darf ich raufkommen?", bekam sie als Antwort. –

Simone wurde es heiß und kalt, tausend Gedanken schossen ihr gleichzeitig durch den

Kopf. Es klingelte erneut, sie drückte auf. Die Sekunden bis er vor der Tür stand, kamen ihr wie eine halbe Ewigkeit vor. Da stand er dann mit einem breiten Grinsen. Simone konnte nicht anders, sie fiel ihm spontan um den Hals.

„Sorry, dass ich mich so lange nicht gemeldet

habe", begann er, nachdem sie sich gesetzt hatten. „Du musst wahnsinnig schlecht über mich denken, aber es war nicht meine Schuld. Auf der Tour in England wurden mein Handy und mein Notebook aus dem Tourbus geklaut. Ich wusste deine Nummer nicht auswendig und hatte mir auch nur deinen Vornamen gemerkt. Ich hatte schon Angst, dass ich dich nie wieder sehen würde. Vorgestern in Italien bekam ich dann die Nachricht, dass alles wieder aufgetaucht wäre. Ich habe nur noch den letzten Gig der Tour gespielt, dann bin ich sofort nach England geflogen, habe die Sachen abgeholt, mir über die Plattenfirma deine Adresse besorgt und den nächsten Flieger hierher genommen", beendete er seinen Vortrag, den er fast ohne Punkt und Komma

hielt. „Magst du mich trotzdem noch?", fragte er unsicher. –

„Ja, ich mag dich immer noch", beantwortete Simone seine Frage. –

„Da bin ich aber froh! Ich habe in den letzten Wochen gelitten wie ein Hund. Ich habe dich so vermisst! Jetzt habe ich aber Zeit für dich! Die Tour ist beendet und wir gehen erst in ein paar Wochen ins Studio. Hättest du denn auch

Zeit für mich?", fragte er hoffnungsvoll. –

„Das", erwiderte Simone mit einem strahlenden

Lächeln, „das lässt sich einrichten. Ich habe noch Urlaub und Überstunden, die ich nehmen kann."

Nachdem sie am nächsten Tag ihren Urlaub beantragt hatte, rief sie ihre Freundin Britta an und erzählte ihr alles. Diese reagierte mit den Worten: „Das glaub' ich doch jetzt alles nicht! Und ich musste dich erst zu deinem Glück zwingen. Wehe, wenn ich nicht zur Hochzeit eingeladen werde ..."

9. One Night Stand

Als Sina wach wurde, ging es ihr gar nicht gut. Ihr Magen rumorte, ihr Kopf schien zu explodieren und ihre Augenlider waren schwer wie Blei. Noch mit geschlossenen Augen versuchte sie sich zu erinnern, wo ihr derzeitiger Zustand herrührte. So langsam kam die Erinnerung an den vergangenen Abend zurück. Martha, ihre Arbeitskollegin aus dem Krankenhaus, hatte zu ihrer Geburtstagsparty eingeladen. Der Abend war feucht fröhlich. Sina hatte sich prächtig amüsiert und auch den Eindruck, dass es den anderen Gästen ebenso gegangen ist. Irgendwie muss sie aber wohl ein Gläschen zu viel getrunken haben. Zumindest würde das erklären, warum es ihr jetzt so ging. Noch immer nicht ganz klar und mit verschlossenen Augen hörte sie ungewohnte Geräusche. Jetzt war es doch mal an der Zeit, die Augen zu öffnen. Was sie sah, beunruhigte sie ganz gewaltig. Zum einen befand sie sich nicht in ihrer Wohnung und in ihrem Bett, zum anderen lag da ein männliches Wesen neben ihr, das sie auch ein wenig verwirrt anblickte.

„G-guten Morgen", stammelte sie. –

„Guten Morgen", kam es müde zurück. „Hast du auch so einen dicken Kopf wie ich?" –

Noch bevor Sina antworten konnte, betrat Martha gut gelaunt das Zimmer.

„Es wurde auch Zeit, dass ihr Murmeltiere aufwacht. Wir sind schon in der Küche und warten mit dem

Frühstück auf euch. Die Küche werdet ihr ja wohl noch finden", sagte sie vielsagend grinsend, bevor sie wieder entschwand.

Nach einem kurzen Moment peinlichen Schweigens einigte man sich dann darauf, wer zuerst ins Bad gehen würde. Angesichts der Tatsache, dass sie sich beide nicht mehr an alles der letzten Nacht erinnern konnten, ihre Kleidung auch etwas spärlich war, gestaltete sich die Situation etwas heikel.

Als Sina in Richtung Küche ging, hörte sie Stimmen und Gelächter. Sie beschloss einfach so zu tun, als wenn nichts wäre. Bevor sie die Küche betrat, atmete sie tief durch.

„Guten Morgen, Sina", klang es ihr entgegen, „kommt der Jörg auch gleich?"

Sina antwortete mit einem knappen, sobald er aus dem Bad ist und setzte sich an den Tisch. Nach frühstücken war ihr eigentlich nicht, aber Kaffee und Orangensaft waren okay. Anschließend suchte sie ganz schnell das Weite.

Wieder daheim versuchte sie verzweifelt, sich an die letzte Nacht zu erinnern, aber ab einem gewissen Punkt gelang ihr das nicht mehr. Sollte sie wirklich etwas mit Jörg, dem Assistenzarzt ihrer Station gehabt haben?

Es war Montag und Sina trat ihre Frühschicht an. Sie hatte immer noch leichte „Nachwehen" vom Wochenende. Ein Telefonat mit Martha am Sonntagabend brachte auch keine Klarheit. Sie war also keinen Schritt weiter. Das Problem war nur, dass sie mit Jörg, Martha und einigen anderen Partygästen arbeiten musste und diese offensichtlich mehr wussten als sie. Der Blick auf den Dienstplan brachte erst einmal Entspannung, Jörg hatte Spätschicht und dies für die ganze Woche. Die Gefahr auf ihn zu treffen, war somit gebannt. Mit den anderen würde sie schon fertig werden – dachte sie.

Egal, was Sina in dieser Woche auch anstellte, sie hatte stets das Gefühl, dass die Kollegen tuschelten. Hin und wieder kamen auch eindeutig/zweideutig Kommentare wie „War das eine einmalige Aktion?", „Kann man gratulieren?" oder „Seid ihr jetzt offiziell ein Paar?". Sina reagierte äußerlich sehr gelassen, aber innerlich ärgerte sie sich maßlos darüber, dass sie eigentlich gar nicht wusste, was geschehen war. Gut, sie ist morgens an seiner Seite aufgewacht. Sie wusste auch noch, dass sie sich gut mit ihm unterhalten und sie auch getanzt hatten, aber dann …? Was sie auch nicht leugnen konnte, war, dass sie eigentlich schon länger ein Auge auf ihn geworfen hatte, bei ihm war sie sich nicht ganz sicher, was sie anbelangte. Sie hatte es Martha mal bei einem ihrer Frauenabende erzählt. Martha meinte, dass sie doch die Initiative ergreifen sollte. Sina lehnte dies aber kategorisch ab, da sie einen Horror vor der klassischen „Arzt-/Krankenschwesterbeziehung" hatte. Damals vertrat sie die Ansicht, dass es sich schon ergeben würde, wenn es sein sollte. Martha vertrat da eine klar andere Meinung.

Die Wochen vergingen bis sie wieder

gemeinsam Dienst hatten. Das Getuschel der Kollegen war inzwischen fast verstummt, dennoch hatte Sina immer noch ein ganz merkwürdiges Gefühl, als wenn sie irgendwie enttäuscht wären. Das erste Wiedersehen mit Jörg war für Sina nicht gerade prickelnd. Seiner Meinung nach hatte sie bei einem Patienten einen Fehler gemacht. Sie bemerkte die Missstimmung direkt, aber Jörg war nicht der Mensch, der seinen Unmut vor anderen Menschen breit treten würde. Stattdessen bat er Sina in das Stationsbüro zu kommen, um über den vermeintlichen Vorfall zu diskutieren. Das Herz schlug ihr bis zum Hals, als sie das Büro betrat. Sie erwartete eine gewaltige Standpauke, ohne eine Möglichkeit zu haben, sich zu verteidigen. Wohl wissend, dass sie eigentlich unschuldig war an dem Zwischenfall.

„Hallo Sina", begrüßte Jörg sie, „bist du mir bewusst aus dem Weg gegangen oder war das nur Zufall?" –

„Es lag wohl eher an den Dienstplänen und die mache ich nicht, wie du eigentlich wissen solltest. Genauso wie ich bei Herrn …" –

„Schon gut", fiel er ihr ins Wort, „es war nicht dein Fehler, das weiß ich inzwischen. Nein, das meinte ich auch nicht. Seit der Feier bei Martha – was auch immer da passiert sein mag – haben wir uns nicht mehr gesehen. Dabei hätte ich gern mit dir darüber geredet." –

„Worüber sollten wir da reden? Ich kann mich auch an nichts erinnern und die anderen tuscheln nur, aber sagen nichts", erwiderte Sina.

„Das ist mir auch schon aufgefallen. Vielleicht sollten wir ihnen mal Anlass geben, zu tuscheln. Ich möchte dich gern zum Essen einladen, wenn du magst …", sagte er, kam auf sie zu und nahm sie in den Arm.
Sina fühlte sich komplett überrumpelt, sagte aber – mehr als erfreut – zu.

„Wow, ihr geht also essen? Mein Gott, was sollten wir eigentlich noch alles anstellen, damit ihr mal aus dem Quark kommt?", war Marthas Reaktion auf die Neuigkeit. –

„Wieso anstellen?", wollte Sina wissen. –

„Was glaubst du eigentlich, was auf der Party bei mir zwischen euch passiert ist? Nichts – wie immer eigentlich! Gut, ihr habt miteinander geredet und getanzt. Benommen habt ihr euch wie die Teenies, so nach dem Motto, ich würde ja schon gern, aber ich trau mich nicht. Als ihr dann zu vorgerückter Zeit einfach in den Sesseln eingeschlafen seid, da habe wir die Initiative ergriffen, euch ganz vorsichtig auf die Couch gelegt und ein wenig ausgezogen, damit ihr etwas zum Nachdenken hattet. Wir haben uns die ganze Zeit köstlich darüber amüsiert, dass ihr keine Ahnung hattet. Irgendwer musste dem Ganzen ja mal nachhelfen. Falls es euch nicht aufgefallen ist, uns ist es, habt ihr euch immer gegenseitig erkundigt, was der andere gerade macht, welche Schicht er hat, ob man sich eventuell – wenn auch nur kurz – begegnen könnte, wer Urlaub hat oder krank ist. Der morgendliche Run auf den Einsatzplan war auch nicht schlecht. Dabei hatten wir euch schon so viele

Möglichkeiten geboten, einander näher kennen zu lernen. Die habt ihr aber immer aus Feigheit ausgeschlagen. Wir hoffen, dass ihr unter der Ungewissheit echt gelitten habt. Ihr habt es **uns** ja auch nicht gerade leicht gemacht …"

10. Das Fitnessstudio

Es war mal wieder einer dieser trüben Sonntagnachmittage im Februar. Draußen war es grau und kalt. Die Landschaft war immer noch winterlich kahl und lud nicht gerade dazu ein, sich im Freien zu bewegen. Der Frühling schien noch in sehr weiter Ferne zu liegen.

Christine wartete an diesem Sonntag auf ihre Freundin Lisa, die um halb vier auf einen Kaffee vorbeikommen wollte. Sie ist morgens - trotz des Wetters - sogar extra zum Bäcker gegangen und hatte Kuchen gekauft. Jetzt war der Kaffee fertig, der Tisch gedeckt, aber Lisa ließ auf sich warten. Eigentlich war es unüblich für sie, da es doch ihre Eigenart war. Endlich, es war inzwischen zehn Minuten vor vier, klingelte es. Lisa entschuldigte sich für ihre Verspätung, setzte sich an den Kaffeetisch und plapperte sofort drauflos:

„Sorry, für meine Verspätung, aber ich war noch in meinem neuen Fitnessstudio und da habe ich anschließend mit Leidensgenossen gequatscht und schon war die Zeit um", erklärte Lisa. –
„Seit wann bist du denn jetzt schon in dem ‚Club'?", wollte Christine wissen. –
„Ach, erst seit drei Wochen. Ich hatte da so ein Willkommensangebot im Briefkasten. Das Studio hat neu eröffnet, ist günstig im Monatsbeitrag und das Probetraining war kostenlos. Da ich ja schon länger etwas für meine Figur tun wollte, dachte ich mir, ich

schaue mir das mal an. Das Probetraining war okay. Und du weißt, ich bin da kritisch, weil ich schon Studio-erfahrung habe. Tja, und dann habe ich mich direkt da angemeldet. Das Publikum ist nicht so überkandidelt wie woanders. Sind meist auch Anfänger oder so ‚Hausfrauen' wie wir, die es wegen des Preises dorthin gezogen hat." –

„Und wie oft gehst du dahin?" –

„Wenn ich es schaffe, dreimal in der Woche. Macht echt Spaß. Warum kommst du nicht einfach mal mit? Abwechslung würde dir auch ganz gut tun. Ich glaube, das Angebot gilt noch diesen Monat. Du kannst dir das ja mal unverbindlich anschauen. Kostet nichts, außer Überwindung." –

„Ich weiß nicht. Ich wollte doch jetzt mit dem Nordic-Walking anfangen", wandte Christine ein. –

„Jaja, wie mit Aqua-Aerobic und der Gymnastik. Was hast du bis jetzt davon umgesetzt? Wir könnten das ja so planen, dass wir gemeinsam gehen. Vielleicht fällt dir der Einstieg dann etwas leichter. Übrigens hätte ich gern noch ein zweites Stück Kuchen. Ich kann mir das heute leisten …", sagte Lisa mit einem verschmitzen Lächeln. –

„Mal sehen …", erwiderte Christine nicht unbedingt begeistert und platzierte, nicht ohne Unmut, ein weiteres Stück Kuchen auf Lisas Teller.

Nachdem Lisa gegangen war, dachte Christine über deren Worte nach. Tatsache war, dass sie wirklich vor hatte, etwas für ihren Körper und ihre Gesundheit zu tun. Tatsache war aber auch, dass sie sich nur schwer überwinden konnte. Halbherzig angefangen hatte sie ja schon so einiges, Stöcke für das Nordic-Walking gekauft oder auch Fitnessbänder. Viel über Fitness gelesen hatte sie ebenfalls, wie gesagt - gelesen. Aber war so eine „Mucki-Bude" das Richtige für sie? Ihr Kopfkino spielte gerade den Film ab mit den öligen, muskelbepackten Menschen in knapper Bekleidung und Arnold durfte dabei natürlich auch nicht fehlen. Christine schauderte es bei diesem Gedanken. Für sie war das Thema eigentlich abgehakt.

Dies hatte sich einen Tag später erledigt, als ihre Freundin anrief und ihr freudig mitteilte, dass sie sie am nächsten Tag zu einem Probetraining angemeldet hätte, da die Zeit knapp wurde, weil das Angebot nur noch diesen Monat gelten würde.

„Komm Christine, ich weiß, dass du dienstags nie etwas vor hast. Gib dir einen Ruck! Ich hole dich dann um fünf ab. Widerstand ist zwecklos!", imitierte Lisa eine Lebensform aus „Star Treck" lachend.

Zähneknirschend machte sich Christine am Dienstag zurecht und packte ihre Tasche. Um ihre Abneigung deutlich zu machen, entschied sie sich für ihren Wohlfühl-Trainingsanzug und ein einfaches Shirt. Sie hatte sich fest vorgenommen, sich so blöd, wie es irgendwie ging anzustellen, dass Lisa von allein einsehen würde, dass es keinen Sinn machte.

Es war soweit. Lisa holte sie ab und sie fuhren zum Fitnessclub. Von außen war der Club nichts Besonderes. Innen sah er aus, wie eben ein Fitnessclub aussieht. Lisa ging zur Anmeldung, während sich Christine etwas deplaziert vorkam.

„So, dann komm. Wir gehen jetzt in die Umkleide, da kannst du deine Tasche deponieren und deine Trainingsschuhe anziehen", forderte Lisa sie auf.

Ach du Schreck! An Trainingsschuhe hatte sie gar nicht gedacht! Sie hatte nur ihre normalen Straßensneakers an.

„Ich frag mal den Olli, ob das auch mal so geht", meinte Lisa und verließ die Umkleide. Als sie zurückkam, sagte sie beruhigend: „Wird zwar nicht gern gesehen, geht aber ausnahmsweise."

Christine beugte sich nun endgültig ihrem Schicksal. Sie verließ mit Lisa die Umkleide und traf draußen auf einen gut gelaunten, trainierten, aber nicht übermäßig muskulösen Menschen, der sich als Olli und ihren Trainer vorstellte. Das Probetraining gestaltete sich dann angenehmer, als sie dachte. Die Anleitungen von Olli waren präzise und auch sehr informativ – sehr zu ihrem Ärger. Sie musste sich zugestehen, dass es ihr Spaß machte. Als sie sich so umsah und die anderen Trainierenden unter die Lupe nahm, stellte sie fest, dass diese, von wenigen Ausnahmen abgesehen, nicht ihrem gängigen Klischee entsprachen. Die Atmosphäre schien ihr auch ganz okay zu sein. Lisa kam zwischen ihren Übungen mal rüber und fragte, wie es ihr gefallen würde. Christine gestand, dass es ihr durchaus gefiel.

An der Beinpresse mussten sie kurz warten, da diese gerade von zwei Männern genutzt wurde, die aber erklärten, es wäre eh ihr letzter Durchgang an dem Gerät. Olli erklärte Christine in der Zwischenzeit Sinn und Zweck des Geräts.

„Welches Gewicht darf ich der Lady einstellen?",
sprach einer der Trainierenden Christine an.

„Das übernehme ich schon", mischte sich Olli ein.

Christine begab sich in das Gerät, konnte aber Ollis
Anleitungen nicht mehr voll folgen. Sie beobachtete
indessen, was der Typ, der sie angesprochen hatte, so
machte. Sie musste zugeben, dass er ihr gefiel. Sie
ärgerte sich gerade fürchterlich, dass sie nur ihren
„ollen" Trainingsanzug und ihre Straßenschuhe
anhatte. Das würde ihr beim nächsten Mal sicherlich
nicht mehr passieren!

„Hallo, Erde an Christine! Hast du eigentlich
zugehört, was ich dir gerade erklärt habe?", hörte sie
Olli sagen. –

„Äh, ja, zumindest weitestgehend", stotterte Christine
leicht verwirrt. Dann fing sie sich wieder und fragte
ganz nebenbei: „Der Typ gerade, der mich
angesprochen hat, ist der auch Trainer hier?", mehr
fiel ihr gerade nicht ein. –

„Nein, der Jochen hat früher woanders trainiert, hat
aber gewechselt, weil er hier in der Nähe wohnt und
zu Fuß hierhin kommen kann. Er hat so zwei Fliegen
mit einer Klappe geschlagen. Hier ist es nicht nur
näher für ihn, sondern auch günstiger. Seit wir
eröffnet haben, kommt er drei- bis viermal in der
Woche mit seinem Kumpel, dem Steffen."

Das Probetraining war beendet und Christine
unterschrieb den Vertrag für ein halbes Jahr. Sie
wusste nicht genau, warum sie das tat, da sie
normalerweise immer eine Nacht über solche
Entscheidungen schlief, aber sie tat es. Lisa freute sich

ganz enorm und sie verabredeten sich schon zwei Tage später für ein gemeinsames Training, da Lisas Programm ähnlich dem von Christine war. Vorher überprüfte sie aber gründlich ihre Fitnessgarderobe. Sie wollte nicht wieder wie ein „Schlumpf" dort auftauchen. So schlecht war ihre Figur schließlich auch nicht, dass sie sie hätte verstecken müssen. Gut, an der einen oder anderen Stelle hätte es etwas besser sein können, aber dafür hatte sie sich ja schließlich in einem Fitnessclub angemeldet.

Der Donnerstag kam und Christine war ganz begeistert, als sie zum Training kam und Jochen entdeckte. In den letzten zwei Tagen hatte sie viel über ihn nachgedacht. Sie hat sich sogar dabei erwischt, dass sie sich fragte, ob er gebunden wäre. Einen Ring hatte sie jedenfalls bisher nicht bei ihm entdeckt. Aber das musste ja nichts heißen. Und auch heute war er nur in Begleitung von Steffen. Als sie nebeneinander trainierte, grüßte er zu ihrer Über-raschung sogar rüber. Christine grüßte vorsichtig zurück, ihre Verlegenheit spürend.

Beim nächsten Training mit Lisa war Jochen ebenfalls wieder da. Christine hatte sich fest vorgenommen, dass sie ihn in irgendeiner Form ansprechen wollte, aber es kam nicht dazu. Es entging ihr aber nicht, dass auch er gelegentlich zu ihr rüber sah und sie verstohlen anlächelte. Christine lächelte möglichst unauffällig zurück.

„Wenn ich da etwas merken sollte!", lästerte Lisa mit einem süffisanten Lächeln. –

„Was willst du denn merken", wollte Christine scheinheilig wissen –

„Glaubst du wirklich, dass ich eure Blicke nicht sehe? Dafür müsste man schon blind sein. Außerdem ziehst du deine besten Trainingsklamotten an", entgegnete Lisa. –

„Ich wollte halt nicht wie ein ‚Schlumpf' auflaufen. Außerdem, welche Blicke? Mich interessieren halt die Leute mit denen ich trainiere", versuchte sie sich rauszureden. –

„Den JOCHEN siehst du an wie jeden anderen auch? Wem willst du das erzählen? Naja, ist ja egal. War doch gut, dass ich dich überredet habe, hier zu trainieren, oder?" –

Lisa wartete keine Antwort mehr ab und machte weiter. Christine war das mehr als recht, obwohl sie insgeheim zugeben musste, dass es doch gut von ihrer Freundin war, sie in diesen Fitnessclub mitgeschleppt zu haben.

Gut, dachte sich Christine abends daheim. Zumindest weiß ich schon mal, an welchen Tagen er trainiert. Ihre innere Spannung stieg mit Näherrücken des nächsten Trainings.

Der Schock war groß, als nur Steffen da war. So sehr Christine sich bemühte, sie konnte Jochen nicht entdecken. Wie es der Zufall so wollte, war Steffen allein an der Getränketheke und sie nutzte ihre Chance.

„Heute ganz allein hier", fragte sie so beiläufig, wie es nur eben ging. –

„Ja, mein Trainingskumpel liegt flach. Der ist wohl erst nächste Woche wieder einsatzbereit", antwortete Steffen freundlich.

Christine hätte gern noch so etwas wie ,Gute Besserung' gesagt, aber von wem hätte Steffen sie ausrichten sollen? Jochen kannte ja noch nicht einmal ihren Namen. So blieb es bei den beiden Sätzen.

Die Woche verlief schleppend, aber Christine hoffte inständig, dass Steffen Recht behalten sollte und Jochen wieder trainieren könnte. Und er konnte! Christine konnte ihr Glück kaum fassen, zumal sie an diesem Tag allein da war und er es auch zu sein schien. Christine nutzte ihre Chance. Sie nahm all ihren Mut zusammen und sprach ihn an:

„Kannst du mir mal mit dem Gerät helfen? Meine Freundin kennt sich besser damit aus, aber die ist heute nicht da", fragte Christine. –

„Kein Problem, ich helfe dir", erwiderte er mit einem Lächeln.

Während sie auf das Gerät zuliefen, unterhielten sie sich ein wenig.

„Jetzt halte ich dich von deinem Training ab", sagte sie. –

„Nein, ich wollte eh aufhören. Ich merke meine Erkältung noch", wiegelte er ab. –

„Das ist auch mein letztes Gerät", bemerkte Christine. –

„Dann könnte ich ja bei den Getränken auf dich warten und wir trinken noch gemeinsam etwas", schlug Jochen vor –

„Gern!"

Christine hätte am liebsten sofort alles stehen und liegen lassen, zog aber ihre Übungen zur Tarnung noch durch, bevor sie sich zu ihm gesellte. Sie unterhielten sich über alles Mögliche und merkten gar nicht, wie die Zeit verrann. Jochen erzählte ihr, dass er den Fitnessclub auch deshalb gewechselt hätte, um nicht immer seiner Ex zu begegnen. Sie erwähnte ganz nebenbei, dass auch sie Single wäre. Da es schon spät war, beschlossen sie aufzubrechen. Olli, der inzwischen auch dazu gekommen war und sich am Gespräch beteiligte, machte sie darauf aufmerksam, dass es draußen regnete.

„So ein Mist! Ich bin zu Fuß und habe keinen Schirm mit. Meine Erkältung bin ich ja auch gerade erst los", fluchte Jochen. –

„Christine kann dich doch mitnehmen. Es liegt ja quasi auf ihrem Weg", schlug Olli vor.

Christine, die sich noch wunderte, woher Olli dies wusste und auch, dass sie mit dem Auto da war, willigte dennoch ohne zu zögern ein.

Jochen lotste sie dann zu seiner Wohnung, die nicht weit von ihrer war und wirklich quasi auf dem Weg lag. Vor dem Haus verabschiedete er sich. Christine wollte gerade weiterfahren, als er wieder zum Auto kam uns sich noch einmal reinsetzte. Sie sah ihn fragend an.

„Was hältst du davon, wenn wir unser Gespräch von vorhin am Wochenende in anderem Ambiente fortführen?", fragte er sie plötzlich. –

„Ist das die Einladung zu einem Date?", fragte sie mit dem unschuldigsten Augenaufschlag, den sie hinbekam. –

„Wenn du es so sehen möchtest – ja", antwortete Jochen. „Wie wäre es mit Samstag um acht Uhr bei ‚La Strada'?", wollte er wissen.

Christine hatte nichts einzuwenden und sie verabschiedeten sich mit einem freundschaftlichen Händedruck, aber nicht ohne noch ihre Telefonnummern auszutauschen. Ihre Hand kribbelte noch immer als sie Zuhause eintraf und sie fühlte sich unglaublich gut, was allerdings nicht allein am Training lag. Doch dann kam der Schock! Was sollte sie anziehen? Seit ihrer Trennung vor zwei Jahren von ihrem Langzeitgefährten, hatte sie kein Date mehr und sie glaubte nicht, dass ihr die alten Klamotten noch passen würden. Es sei denn, dass ein Wunder geschähe und sie innerhalb von zwei Tagen fünf Kilo abnehmen würde. Christine griff zum Telefon und rief in ihrer Verzweiflung Lisa an. Diese begriff sofort den Ernst der Lage und schlug Christine vor, am nächsten Tag nach der Arbeit noch eben shoppen zu gehen. Christine war sofort einverstanden, zumal Lisa in modischen Belangen die Fittere von beiden war.

Der Freitag in der Arbeit zog sich wie Kaugummi. Endlich wurde es drei Uhr. Praktischerweise arbeiteten Christine und Lisa in der gleichen Firma. Auf dem Weg zum Parkplatz trafen sie sich. Sie hatten beschlossen, nur mit einem Auto zu fahren und so hat sich Lisa morgens von ihrem Lebensgefährten bringen lassen.

„Was stellst du dir denn so vor", wollte Lisa wissen, „mehr elegante Klamotten oder eher weiblich-verführerisch?" –

„Ich habe keine Ahnung? Was trägt man denn so beim ersten Date? Ihn habe ich bisher auch nur in Trainingsklamotten gesehen. Ich weiß ja nicht, wie er sich sonst kleidet. Ich möchte schon gut aussehen, aber nicht overdressed. Verkleidet schon gar nicht!", antwortete Christine. –

„Oh Mann, das wird eine schwierige Mission!", meinte Lisa seufzend. „Aber nicht unmöglich", fügte sie noch hinzu.

Zwei Stunden später sah die Welt schon anders aus. Christine war komplett ausgerüstet für ihr Date angefangen von den Dessous über Oberbekleidung bis hin zu den Schuhen und einem neuen Parfum. Irgendwie fühlte sie sich unheimlich toll.

Am Samstag wachte Christine recht früh auf. Einerseits freute sie sich auf das Date mit Jochen, auf der anderen Seite hatte sie ein mulmiges Gefühl. Sie war nicht besonders erfahren, was Dates anbelangte. Ihre früheren Beziehungen ergaben sich irgendwie immer so, begannen aber nie mit einem Date.

„Ach, alles Quatsch! Wir sind nur Trainingskollegen und treffen uns zu einem Essen! Warum mache ich mir Gedanken über eine mögliche Beziehung. Vielleicht hat er mich auch nur aus Höflichkeit eingeladen, weil ich ihn nach Hause gebracht habe!", schalt sie sich insgeheim und rief sich zur Ordnung.

Am Nachmittag begann sie dann mit den Vorbereitungen für den Abend. Sie nahm erst ein Bad, dann stylte sie sich. Nagellack durfte heute auch nicht fehlen, obwohl sie mit dem Zeug auf Kriegsfuß stand. Gegen viertel nach sieben klingelte das Telefon. Sie erkannte sofort die Nummer, obwohl er sie noch nie angerufen hatte. In ihr machte sich Enttäuschung breit, die man ihr anhörte, als sie abnahm.

„Hi, Christine? Ich bin's Jochen. – Ist irgendwas? Du hörst dich komisch an?! –

Ich wollte dich fragen, ob ich dich abholen soll. Ist doch blöd, wenn wir uns erst da treffen. Passt es dir heute nicht? Du hörst dich so geknickt an. Sollen wir den heutigen Abend verschieben?", meinte Jochen." –

„Ja – äh – nein – äh – nein", stammelte sie überrascht. „Weißt du denn, wo ich wohne?" –

„Das weiß ich. Ich hole dich dann um halb acht ab. Okay?" –

Sie bejahte und fragte sich sofort, nachdem sie aufgelegt hatte, woher er das denn wissen konnte. Sie hatte ihm ihre Adresse nicht gegeben.

Pünktlich um halb acht klingelte es. Sie lief mit wackeligen Knien die Treppe runter. Jochen wartete vor der Tür. Er begrüßte sie mit einer Umarmung und meinte dann anerkennend: „Schick siehst du aus!"

Christine hatte einen dicken Kloß im Hals, als sie ihm bescheinigte, dass er auch gut aussehen würde – viel zu gut, wie sie fand. „Immer diese Selbstzweifel! Die braucht doch kein Mensch", dachte sie insgeheim.

Im „La Strada" hatten sie einen Tisch für zwei

Personen in einer Nische. Da sie nicht fahren musste, gönnte sie sich ein Glas Wein, ihre Nervosität wurde geringer. Der Abend verlief sehr harmonisch. Sie hatten sich viel zu erzählen, stellten viele Gemeinsamkeiten fest. Die Zeit verflog wie im Fluge. Irgendwann zu vorgerückter Stunde brachen sie aber doch auf, die Kellner guckten schon merkwürdig. Bei ihr vor dem Haus schlug sie ganz mutig vor, dass er ja noch mit raufkommen könnte.

„Wenn du das möchtest – gerne", antwortete Jochen.

Ohne müde zu werden, verquatschten sie die halbe Nacht. Sie hatten sich doch so viel zu sagen. Irgendwann gegen fünf Uhr morgens fragte Jochen ganz unvermittelt: „Gehen wir morgen gemeinsam zum Training und anschließend wieder essen? Ich würde den morgigen – ähm – heutigen Tag liebend gern mit dir verbringen." –

„Das würde ich auch gern", erwiderte Christine.

Sie brachte ihn zur Tür. Jochen legte den Arm um ihre Taille, zog sie langsam an sich, guckte ihr tief in die Augen und küsste sie. Christine schlang ihre Arme um seinen Nacken und erwiderte erst vorsichtig, dann leidenschaftlich seinen Kuss. „Was so ein Studiowechsel so manchmal mit sich bringen kann …", murmelte er zwischen zwei Küssen.

Missgeschicke

11. Roter Alarm

„Das nennst du Mahagoni?", fragte Katja ihre Freundin Silvia ungläubig. –

„Laut der Beschreibung im Katalog für Salonbedarf und dem Aufdruck auf der Packung soll das Mahagoni sein", erwiderte Silvia. –

„Für mich sieht das aus wie ausgewaschenes Rot", meinte Katja. –

„Deshalb soll es ja auch wieder weg! Wenn die undefinierbare Farbe das einzige Problem wäre, dann ginge es ja noch, aber ich färbe auch noch. Ich habe mir schon eine Bluse, ein Shirt und einen Pulli versaut, abgesehen von meinen hellen Kopfkissenbezügen und Handtüchern", klagte Silvia. –

„Was meinst du mit, du färbst?", wollte Katja wissen. –

„Ich färbe halt. Immer wenn die Haare nass werden, tropft Farbe daraus. Was meinst du, wie peinlich mir das war, als ich mit meinem Chef zu einer Abteilungspräsentation musste, wir durch einen Regenschauer kamen und mir die rote Farbe auf meine weiße Bluse tropfte.

Es war einfach nur furchtbar!", jammerte Silvia. –

„Das kann ich mir allerdings vorstellen. Ich verstehe das nur nicht. Es ist doch Haarfarbe und keine Tönung. Warum bleibt die nicht im Haar?", fragte Katja verständnislos. –

„Ich habe keine Ahnung! Ich weiß nur, dass ich sie sofort wieder loswerden will!", sagte Silvia. –

„Gut, aber wie kann ich dir dabei helfen?", wollte Katja wissen. –

„Du musst mir jetzt helfen, sie wieder blond zu bekommen. Ganz einfach!", gab Silvia zurück. –

„Und du meinst, das wäre so ganz einfach? Ich habe da so meine Bedenken. Findest du nicht, das sollte ein Profi übernehmen?", äußerte Katja ihre Bedenken. –

„Wo – bitte schön! – soll ich den am Sonntag her bekommen? Morgen habe ich wieder einen wichtigen Termin und den möchte ich nicht mit diesem Kopf wahrnehmen!", erwiderte Silvia. –

„Wie willst du vorgehen?", fragte Katja vorsichtig. –

„Ich habe mir aus dem Drogeriemarkt eine Blondierung gekauft. Die zieht die rote Farbe raus und ich bin wieder blond!", meinte Silvia ganz optimistisch. –

„Und das soll funktionieren? Silvia, warte doch lieber bis Montag und geh zum Friseur!", riet Katja ihrer Freundin. –

„Ich kann nicht bis morgen warten. Die rote Farbe muss noch heute weg sein!"

Katja schwante nichts Gutes, als sie anfing, die Zutaten für die Blondierung zu mischen, aber Silvia war nicht davon abzubringen. Silvia war bekannt für ihre spontanen Einfälle, ebenso für ihre wechselnden Haarfarben. Meist ging der Wechsel einher mit dem Ende einer Beziehung. Während Katja die Mischung bereitete, schweiften ihre Gedanken ab in die Vergangenheit und sie versuchte sich zu erinnern, wie viele Haarfarben sie schon miterlebt hatte.

Die erste, die ihr spontan einfiel, war das Schwarz. Bei der ersten Trennung färbte Silvia ihr damals langes, blondes Haar – sie nannte es abwertend Straßenköter-blond – schwarz. Nicht nur Katja fand, dass es unmöglich aussah. Eigentlich fand das jeder. Silvia war kein Typ dafür. Es sah an ihr unnatürlich aus und sie wirkte noch blasser, ja sogar kränklich. Irgendwann merkte es auch Silvia. Sie versuchte noch das schwarz durch rote Strähnen aufzulockern. Leider verwendete sie dafür ausgerechnet Henna. Die Strähnen wurden nicht rot, sondern grün. Silvias Aussehen bekam langsam einen leicht grotesken Touch. Also mussten die Haare wieder blond werden. Statt aber einen Friseur aufzusuchen, besorgte Silvia sich alles über eine Bekannte, deren Mutter einen Friseursalon betrieb. Sie entfärbte das schwarze Haar und färbte es blond ein. Es kam, wie es kommen musste: Das Haar streikte und der Friseurbesuch wurde unvermeidlich. Der Friseur schlug vor Entsetzen nur noch die Hände über dem Kopf zusammen und wunderte sich, dass Silvia überhaupt noch Haare auf dem Kopf hatte. Es dauerte eine ganze Weile bis sich das Haar erholt hatte.

Beim nächsten Abschied wurde es nicht ganz so krass. Der neue Look war raspelkurz und platinblond. Billy Idol hätte seine wahre Freude daran gehabt! Das Problem war nur, dass der Rebellenlook nicht zu Silvia passte. Der ultrakurze Schnitt und die extrem helle Farbe zu ihren eleganten Kostümen und Anzügen sah aus wie gewollt, aber nicht gekonnt. Am Schnitt konnte sie nicht viel variieren, lediglich an der

Farbe. Sie entschied sich für ein Aschblond und frisierte ihr Haar etwas – wie sie meinte – seriöser. Das ging dann so lange gut, bis jemand meinte, sie würde mit dem „Kopf" mindestens zehn Jahre älter aussehen. Silvia war fassungslos und wusste sich nicht anders zu helfen, als doch einen Fachmann zu konsultieren. Der Friseur rettete dann das, was zu retten war. Er veränderte ein wenig den Schnitt und peppte das Ganze durch Strähnchen auf. Silvia fühlte sich wieder wohl und die Haare durften auch wieder wachsen bis …

Bis zur nächsten Trennung war Silvia wieder gemäßigt blond und auch die Haare länger. Zwischenzeitlich hatte sie sich nur eine leichte Dauerwelle gemacht, um Abwechslung in die Frisur zu bringen, was ihr sogar gelungen war. Das änderte sich dann wieder schlagartig. Plötzlich mussten die Haare unbedingt haselnussbraun sein. Katjas Einwände von wegen Dauerwelle, Länge und Negativerfahrung mit der schwarzen Farbe schlug sie einfach in den Wind. Die Haare mussten unbedingt haselnussbraun sein! Schon nach kurzer Zeit fand sie die Farbe noch langweiliger als ihre Naturhaarfarbe und das sollte schon einiges heißen. Silvia nahm erneute Selbstversuche vor und experimentierte mit roten Strähnen. Das Ergebnis waren leuchtend rote Blockstreifen. Guter Rat war teuer! Letztendlich blieb wieder nur der Gang zum Friseur. Eigentlich sollte man meinen, dass Letzterer langsam verzweifeln müsste, aber weit gefehlt! Silvia war ja nicht dumm.

Jedes Mal, wenn ihr jemand die Haare wieder gerichtet oder gerettet hatte, wechselte sie. So bekam, außer Katja und einigen Bekannten, keiner das volle Ausmaß dessen mit, was Silvia ihren Haaren antat. Katja war schon lange der Meinung, dass es einen Hilfsfond für „Haare in Not" geben müsste, denn sie konnte sich gut vorstellen, dass es noch mehr so Verrückte wie Silvia auf der Welt gab.

Jetzt sollte Katja also helfen, die Schäden der letzten Trennung zu beheben. Obwohl sie eigentlich genau wusste, wie das enden würde, nämlich in einem Desaster, tat sie ihrer Freundin den Gefallen. Während sie sich mit Silvia unterhielt, trug sie die Creme gleichmäßig auf die Haare auf, stellte die vorgegebene Einwirkzeit auf der Eieruhr ein und harrte der Dinge, die da kommen würden. Es graute ihr vor dem Ergebnis.

„Kann man schon etwas erkennen?", wollte Silvia neugierig wissen. –

„Es wird heller", gab Katja vorsichtig zurück.

„Ich bin ja so froh, wenn ich wieder blond bin", stöhnte Silvia. –

„Ob das blond wird, kann ich dir nicht versprechen", äußerte sich Katja mehr als skeptisch. –

„Was soll das denn sonst werden? Die Einwirkzeit ist doch schon fast vorbei", sagte Silvia. –

„Sie ist vorbei! Leg den Kopf über den Wannenrand!", forderte Katja Silvia auf.

Während des Auswaschens sah sie schon die Katastrophe. Sie sagte aber nichts, sondern unterdrückte nur ihr Lachen. Silvia hob schließlich den Kopf, sah in den Spiegel und erstarrte.

„Oh, nein!", rief sie. –

„Oh, doch! Wie willst du die Farbe jetzt nennen? Pumuckl ist da oder roter Alarm?", war alles, was Katja noch heraus brachte, bevor sie in schallendes Gelächter ausbrach.

12. Kein Tag wie jeder andere

„Können wir los oder musst du noch nachgurten?", wollte Carolin von Kirsten wissen. – „Bin fertig! Wir können los. Wo lang?", erwiderte Kirsten, die jetzt mit ihrem Pferd zu Carolin aufschloss. – „Ich würde sagen, über die Straße und dann am Freibad links in den Wald." – „Gute Idee! Da waren wir schon lange nicht mehr. Dann mal los!"

Carolin und Kirsten lenkten ihre Pferde über den Feldweg bis zur Straße. Naja, Straße konnte man nicht wirklich sagen. Eigentlich war es ein Landweg und so hieß er auch, aber immerhin war er der Verbindungsweg zwischen zwei Orten und an Wochentagen auch ziemlich befahren. Heute, am Sonntag, war so gut wie gar nichts los. Carolin und Kirsten konnten die Straße ohne Probleme überqueren. Bis zur Waldeinmündung am Freibad mussten sie noch ein Stück eines landwirtschaftlichen Weges lang.

Während die Pferde gemütlich vor sich hintrotteten, unterhielten sich Carolin und Kirsten angeregt. Die Pferde schienen den Ausritt genauso zu genießen wie die beiden Frauen. Es war kein schöner Oktobertag, es war kühl und grau, aber es regnete wenigstens nicht. Der Vorteil an dem Wetter war, dass es keine lästigen Fliegen gab.

Nach kurzer Zeit hatten sie den Wald erreicht und bogen ein. Sie ritten hinein bis zu einer langen Geraden, die sie gern als Galoppstrecke nutzten.

Carolin und Kirsten gaben den Pferden die Sporen und jagten sie den Waldweg lang. Das Gefühl von Freiheit war herrlich. Sie hatten auch wirklich Glück, dass heute, aufgrund des trüben Wetters, fast gar keine Spaziergänger unterwegs waren. Genau dieser Umstand, die vermeintliche Ungestörtheit, veranlasste sie auch dazu, ihre Pferde auf einer Lichtung zu stoppen.

Carolin und Kirsten ließen die Zügel locker, damit die Pferde grasen konnten und unterhielten sich über den vergangenen Abend, den sie im Musical „Starlight-Express" verbracht hatten. Gut gelaunt und übermütig wie sie waren, stimmten sie Lieder aus dem Musical an, bis ... Bis Spaziergänger

auftauchten, die sie kopfschüttelnd, aber über das ganze Gesicht grinsend, ansahen. Den beiden Frauen war die Situation furchtbar peinlich. Wie sollten sie wissen, dass der Tag

noch mehr solcher Situationen für sie bereit halten sollte ...

Carolin und Kirsten beschlossen den geordneten Rückzug. Sie lenkten die Pferde zurück auf den Weg und ritten Richtung Stall. Wie auf dem Hinweg mussten sie wieder die Straße überqueren. Kirsten passierte diese auch ohne Probleme. Sie war schon auf dem Feldweg zum Stall, als sie sich nach ihrer Freundin Carolin umdrehte, die plötzlich nicht mehr neben ihr war. Diese stand mit ihrem Pferd mitten auf der Straße. Ihrem Wallach war dort spontan eingefallen, dass er ein dringendes Bedürfnis zu erledigen hätte. Carolin konnte auf dem Rücken des Pferdes anstellen, was sie wollte, der Gaul ließ sich nicht einen Millimeter von der Stelle bewegen. Das Pferd machte, wonach ihm gerade war – es pieselte. Als wäre das nicht schon schlimm genug, kamen ausgerechnet jetzt auch noch von links und rechts Fahrzeuge, die

anhalten mussten. Carolin suchte vergeblich nach einem Mauseloch, in das sie sich hätte verkriechen können. Kirsten, auf der anderen Seite der Straße, saß auf ihrem Pferd und konnte sich vor Lachen nicht mehr halten, die Leute in den Autos aber auch nicht. Da war niemand, der hupte oder sich aufregte. Nein!

Sie lachten einfach alle nur. Carolin, die inzwischen puterrot im Gesicht war, wunderte sich plötzlich über die Handbewegungen der Zuschauer. Sie sah ganz unauffällig nach unten und erschrak. Ihr Pferd hatte nicht einfach nur gepieselt, sondern die Straße geflutet. Sie wäre am liebsten im Erdboden versunken. Sie glaubte in dem Moment noch nicht im Traum daran, dass dieses Ereignis noch zu toppen wäre.

Endlich ließ sich ihr Pferd herab und setzte sich wieder in Bewegung. Die restlichen Meter bis zum Stall verliefen dann ohne weitere Zwischenfälle. Am Stall angekommen, konnte sich Kirsten immer noch nicht beruhigen. Sie musste natürlich allen erzählen, was sich da auf der Straße zugetragen hatte. Carolin kochte

innerlich, ließ es sich aber nicht anmerken, weil sie dann noch mehr zum Gespött geworden wäre. Zur

Tarnung lachte sie einfach mit. Tatsächlich hätte sie ihrem Pferd, ihrer Freundin und einfach jedem irgendwo hintreten können.

Carolin und Kirsten sattelten die Pferde ab, putzten sie noch einmal drüber, verstauten das Sattelzeug und brachten die Pferde zur Weide am Bach. Beide Pferde waren robuste Kaltblüter, die nur im Winter, wenn es ganz eisig war, in den Stall kamen. Ansonsten waren sie bei Wind und Wetter auf der Weide. Es war eine schöne, große Weide direkt am Bach. An zwei Seiten grenzte sie direkt an einen Wald. Die Weide war umzäunt mit Stacheldraht und Elektroband. Die Pferde hatten einen großzügigen, mit Stroh ausgestreuten, Unterstand, wo sie sich bei Regen unterstellen konnten. Eine alte Badewanne diente als Tränke. Das Wasser wurde noch ganz altmodisch aus dem Bach geholt.

„Wasser brauchen wir noch, Carolin", sagte Kirsten. –
„Wer schöpft und wer nimmt an?", fragte Carolin nur knapp, da sie immer noch angefressen war. – „Ich geh auf die Brücke und schöpfe", gab Kirsten zurück.

Sie ging auf die Brücke, warf einen Eimer in den Bach und zog ihn am Seil wieder hoch. Carolin nahm ihn an und entleerte den Inhalt dann in die Badewanne. Das Ganze wiederholten sie einige Male, bis Kirsten das feuchte Seil aus der Hand rutschte und ihr der Eimer ins Wasser fiel. Die Strömung des Bachs trug ihn gleich fort. An einer Biegung verfing sich das Seil und der Eimer hing fest.

„Ich geh runter und versuche an den Eimer zu kommen", sagte Kirsten. –

„Am besten versuchst du, mit einem Stock an ihn heranzukommen", riet Carolin. –

„Ich mach das schon!", meinte Kirsten ganz locker.

Carolin betrat gerade die Brücke, um die Aktion zu beobachten, da hörte sie ihre Freundin rufen: „Ich hab einen!" Kurz darauf hörte sie ein lautes „Platsch". Carolin beeilte sich, ans Geländer zu kommen, um nachsehen

zu können, was passiert war. Unten sah sie ihre Freundin im Wasser liegen, ganz nah beim Eimer. Sie musste sich fürchterlich zusammenreißen, damit sie noch fragen konnte, ob sich Kirsten beim Sturz etwas getan hatte. Nachdem diese verneint hatte, konnte sich Carolin nicht mehr halten. Sie brach in schallendes Gelächter aus.

Alarmiert von ihrem lauten Lachen kamen weitere Reiter und Mitarbeiter des Hofes angelaufen. Auch diese konnten sich der Situationskomik nicht entziehen und lachten los. Kirsten fand die Situation bei Weitem nicht so komisch, denn sie war ziemlich nass. Reichlich angesäuert krabbelte sie – immerhin mit dem Eimer – aus dem Bach, kroch die Böschung rauf und warf den Eimer voller Wut auf den Boden.

Von Lachkrämpfen geschüttelt und mit Tränen im Gesicht fragte Carolin: „Was ist denn passiert?" –

„Ich hatte einen Ast gefunden, aber der war noch im Boden verwurzelt. Beim ersten Ziehen ließ er nicht nach, dann habe ich stärker gezogen und dieses Mal

gab er nach. Da habe ich den Halt verloren ...",
berichtete die nasse und frierende Kirsten.

Ihre Schilderung trieb jetzt allen die Tränen in die
Augen. Außer dem allgemeinen Gelächter hörte man
zwischendurch noch ein gestammeltes, nachgeäfftes
„Ich hab einen!".

Kirsten hatte die Nase endgültig voll und meinte nur:
„Ich will nach Hause!" –

„Okay, wir fahren ja", erwiderte Carolin, „aber so
kommst du nicht auf den Beifahrersitz. Du machst
nur alles nass. Wir schieben den Sitz nach ganz hinten
und du hockst dich in den Beifahrerraum." – „Wie
gnädig, dass ich überhaupt mitfahren darf!", gab
Kirsten patzig zurück. –

„Das ist die gerechte Strafe! Warum hast du auch so
gelacht, als meiner die Straße überschwemmt hat! Du
weißt doch: Die kleinen Sünden bestraft der liebe
Gott sofort ...", bemerkte Carolin abschließend –
immer noch lachend. –

„Haha! Lass uns endlich fahren!"

Noch lange nach diesem Tag war der Satz
„Ich hab einen!" ein Ausspruch, der sofort bei allen,
die es miterlebt hatten, für Gelächter sorgte. Aber
selbst Neuzugängen auf dem Hof wurde die Story
immer gleich erzählt. Für Carolin und Kirsten stand
fest, dass dies kein Tag wie jeder andere war.

Nachdenkliches und Besinnliches

13. An Gott oder wen immer es interessiert

Dies war wieder einer dieser Tage, an denen Liliana eine Glaubenskrise gehabt hätte, wenn sie denn glauben würde. Warum hatte sie das Pech gepachtet? Warum ging es immer den Menschen schlecht, die sie mochte? Warum wurden nahestehende Personen krank oder starben früh, während andere, die sie nicht mochte, sich bester Gesundheit erfreuten oder uralt wurden? Manchmal glaubte sie, dass es an ihr liegen musste. Immer dann, wenn sie jemanden in ihr Herz geschlossen hatte, waren diese vom Glück verlassen. Das zeigte sich schon in ganz profanen Situationen, wie etwa bei sportlichen Ereignissen. Drückte sie ihrer Lieblings-mannschaft die Daumen, verlor diese prompt. Eine Tatsache, die sich durch alle Sportveranstaltungen und -ereignisse zog. Sie hatte auch schon versucht, absichtlich für die Gegner zu sein, aber das wollte irgendwie
nicht funktionieren. Da sie ja insgeheim doch hoffte, dass ihre Lieblinge gewannen, war das
„Pechprinzip" ausgeschaltet. Zumindest war Liliana fest davon überzeugt, dass es so sein musste. Hätte sich das Ganze nur auf den Bereich Sport reduziert, dann hätte sie ja noch nichts gesagt, aber es zog sich durch alle Lebensgebiete. Liliana empfand diese Tatsache als mehr als nur ungerecht. Da sie sich dieses

Umstandes sehr früh bewusst war, entwickelte sie sich im Laufe ihres Lebens zu einer zynischen Agnostikerin. Sie konnte sich nicht vorstellen, dass eine höhere Macht wie etwa Gott sie nur prüfen wollte, wie ihre Oma stets behauptete. Sie konnte darin keinen höheren Sinn sehen. Liliana hatte sich je nach Tagesform und Ereignis vier Theorien zurecht gelegt. Die erste war: Gott gibt es nicht; die zweite: Er ist grausam; die dritte: Sein Verstand geht über meinen und ich verstehe den tieferen Sinn seines Tuns nicht; und die vierte – ihre absolute Lieblingstheorie – Gott ist kein er, sondern eine sie und war mal eben Schuhe kaufen. Liliana fand, dass für Letzteres doch einiges sprach. Zumindest ließ sich für sie damit viel erklären; denn, wenn sie Schuhe kaufte, konnte auch die Welt untergehen. Hauptsache, es gab die begehrten Schuhe in ihrer Größe!

Liliana war in einer mäßig gläubigen Familie aufgewachsen. Spontan hätte sie noch nicht einmal sagen können, ob ihr Vater wirklich gläubig war. Bei ihrer Mutter war das anders. Sie hatte kritiklos den Glauben ihrer Mutter angenommen, wenn auch weniger verbissen. Sie konnte sich noch gut daran erinnern, dass ihre Oma vor jeder Mahlzeit betete und auch recht häufig in der Kirche zu finden war. Ihre Mutter hingegen besuchte die Kirche lediglich, wenn ihr danach war und an den großen Kirchenfeiertagen.

Liliana war aber nie gezwungen geworden, mitzugehen. Als Kind war ihr der normale Gottesdienst viel zu langweilig, während sie Weihnachten

toll fand. Sie besuchte sogar einige Male die neuapostolische Kirche, da ihre damals beste Freundin damals neuapostolisch war und diese mit den Eltern jeden Sonntag zum Gottesdienst musste. Wirkliche Begeisterung kam bei ihr aber auch für diese Kirchenform nicht auf. Als Teenie ärgerte sie sich, dass sie nicht katholisch getauft war wie ihre Mutter. Dies hatte aber nichts mit dem Glauben zu tun, sondern schlicht mit der Tatsache, dass sie fand, dass sie als Lutheranerin benachteiligt war. Schließlich gab es bei ihnen nur ein Fest, nämlich die Konfirmation, die Geld und Aufmerksamkeit bescherte; während die Katholiken gleich zwei hatten: die Firmung und die Kommunion. Die ganze Aufregung um die Festlichkeiten verstand sie nicht. Sie empfand den Konfirmationsunterricht als lästig, die eigentliche Konfirmation als völlig überflüssig und die Festklamotten völlig bescheuert. Sie hatte schon damals das Gefühl, geleimt worden zu sein. Laut der Kirche war man erwachsen; laut der eigenen Eltern und der Umwelt aber nach wie vor ein Kind. Das Schlimmste war, dass man auch noch so behandelt wurde. Naja, wenigstens die Party und die Geschenke stimmten. Danach war es ihr eigentlich egal, ob sie katholisch, evangelisch, neuapostolisch oder sonst etwas war. Eine Zeit lang fand sie den Buddhismus noch ganz spannend, aber letztendlich konnte sie sich für keine Religion wirklich begeistern. Dies hatte sich bis zum heutigen Tag auch nicht geändert. Eine Weile war sie sogar aus der Kirche ausgetreten – sehr zum Ärger ihrer Mutter. Für sie war es ein offener Protest; für ihre Mutter ein Affront. Das Verhältnis zwischen ihnen war in der ersten Zeit auch mehr als gespannt. Dies änderte sich, als Liliana wieder in die Kirche eintrat. Sie tat es nicht aus Überzeugung, sondern für ihr Kind. Nicht, dass sie geglaubt hätte, ein ungetauftes Kind hätte es schlechter oder wäre ungeschützter. Nein, der Grund war ein ganz pragmatischer! Es war in ihrer erzkonservativen Gegend fast unmöglich einen Kita-Platz zu bekommen, wenn nicht wenigstens ein Elternteil in der Kirche war. Also musste Liliana – als Mutter – in den sauren Apfel beißen. Im Prinzip hätte das auch ihr Mann übernehmen können, aber da er als Akademiker arbeitete und sie nur halbtags als kaufmännische Angestellte, war im Vorhinein klar, von wessen Gehalt die Kirchensteuer bezahlt werden sollte. Ihrer Mutter wäre es zwar lieber gewesen, beide wären wieder eingetreten, aber so war sie schon halbwegs zufrieden. Lilianas Verhältnis zu Gott und der Kirche war nach wie vor zwiespältig.

An diesem Morgen war aber wieder etwas geschehen, das sie nachdenklich machte. Ihre beste Freundin erzählte ihr, dass sie während ihres Klinikaufenthaltes zu Gott gefunden hätte und der Kirche wieder beigetreten war und zwar – aus Überzeugung! Ausgerechnet ihre atheistische Freundin Christel. Christel hatte an gar nichts geglaubt, außer an die Macht des Geldes. Liliana konnte es kaum fassen, dass eine Frau wie sie plötzlich so eine Kehrtwendung machte. Gut, Christel hatte in der letzten Zeit einiges durchmachen müssen. Erst starb ihr deutlich älterer Mann, dann verunglückte ihr geliebter Stiefsohn kurz darauf bei einem Verkehrsunfall schwer und schließlich wurde bei ihr Krebs diagnostiziert. Der Krebs wurde aber so rechtzeitig festgestellt, dass die Entfernung des Tumors ausreichte. Die Prognose der Ärzte war mehr als zuversichtlich, da der Tumor noch sehr klein war und auch noch keine Streuung festgestellt werden konnte. Christel erzählte Liliana, dass sie am Abend vor der Operation aus irgendwelchen unbestimmten Gründen das Bedürfnis hatte, die kleine Krankenhauskapelle aufzusuchen. In der Ruhe der Kapelle hätte sie über Gott und die Welt nachgedacht. Dabei sei ihr klar geworden, wie oberflächlich und materialistisch ihr bisheriges Leben gewesen sei. Sie hätte einfach nur so angefangen zu beten und Gott angefleht, ihr eine zweite Chance zu geben. Christel hatte versprochen, ihr Leben zu ändern, wenn sie die OP gut überstehen würde. Bis zu diesem Punkt konnte Liliana noch alles nachvollziehen. Christel hatte Angst, war verzweifelt und wusste nicht, was auf sie zukam. Da konnte man schon merkwürdige Anwandlungen haben, aber jetzt, wo alles überstanden und sie fast wieder gesund war. Ihr Stiefsohn sich auch erholt hatte und voraussichtlich keine bleibenden Schäden davon tagen würde; ihr verstorbener Mann ihr ein kleines Vermögen hinterlassen hatte. Warum, um alles in der Welt, hielt sie sich jetzt noch am Glauben fest? Liliana konnte es nicht begreifen.

Wäre dies ein Einzelerlebnis gewesen, hätte es sie sicherlich noch nicht in eine Glaubenskrise gestürzt, aber die Ereignisse häuften sich und dass es jetzt auch noch

Christel war, die sich zum Glauben bekannte, machte sie vollends grüblerisch. Sie kannte Christel seit ihrer gemeinsamen Grundschulzeit. Beide kamen aus dem gehobenen Mittelstand, besuchten das Gymnasium, machten eine kaufmännische Lehre. Christel wusste schon sehr früh, was sie wollte, nämlich – reich heiraten und ein Luxusleben führen. Deshalb fing sie noch ein Studium an. Als sie damit begann, dachte sie zwar noch, einen reichen Sohn zu angeln, dass es dann ein vermögender Vater werden würde, hatte sie sich auch nicht träumen lassen. Es störte sie auch nicht, dass der gute fünfundzwanzig Jahre älter war. Sie hatte ihn über seinen jüngsten Sohn kennen gelernt, mit dem sie kurz verbandelt war. Dennoch hatte sie sogar mehr als ihre Ziele erreicht, sie hatte sogar noch eine Familie dazubekommen neben Geld und Luxus. Lilianas Ansprüche waren da deutlich geringer. Ihr reichten schon ein guter Job und ein liebevoller Ehemann,

was sie auch beides bekam. Später gesellten sich noch die beiden Wunschkinder – ein Junge und ein Mädchen – zu ihrem Glück und all dies ohne Glauben.

Was also bewog Menschen wie Christel dazu, sich zum Glauben zu bekennen? Liliana war bar jeglicher Ahnung. Je mehr sie darüber nachdachte, desto nachdenklicher wurde sie.

War es schlicht nur die Angst vor Unangenehmen, Unausweichlichem, Unbe-kannten, was die Menschen dazu trieb? Aber hatte sie sich nicht auch schon erwischt, dass sie etwas getan hatte, dass andere Menschen beten nennen würden? Damals, als ihr Sohn vom Klettergerüst gefallen war und ins Krankenhaus musste oder als ihre Tochter am Blinddarm operiert wurde oder bei dem Urlaubsflug mit den vielen Turbulenzen? Ja, sie musste sich eingestehen, dass auch sie sich insgeheim wünschte, dass da eine höhere Macht wäre, die es schon zum Guten richten würde. Aber konnte man das schon Glauben

nennen? Denn wenn sie es mal ganz nüchtern aus einer anderen Perspektive betrachtete – nämlich aus ihrer –, dann waren das im Großen und Ganzen doch wieder alles Fälle, wo ein gewisser Gott auch vorher hätte seine so genannte schützende Hand drüber halten können. Worin liegt der höhere Sinn, dass sich ein Kind beim Spielen verletzte? Warum hatte Gott Menschen mit Organen konzipiert, die völlig überflüssig waren und sogar noch deren Leben gefährden konnten? Und hier ging es jetzt nur um Fragen, die ihren Mikrokosmos betrafen. Wenn Liliana dann einen Blick über den Tellerrand wagte und sich den Makrokosmos anschaute, dann bekam sie endgültig das Grausen! Was hatten Dürren, Hunger- und Klimakatastrophen, Erdbeben, Aids und andere tödliche Krankheiten mit göttlichem Schicksal zu tun? Abgesehen von den Menschen! Worin lag Gottes Plan, wenn es um Tiersterben oder bedrohte Pflanzenarten ging? Grausamkeit und höherer Sinn schloss Liliana an dieser Stelle aus, denn wer gefährdete schon mutwillig sein Lebenswerk? Ihre Lieblingstheorie scheiterte hier auch. So viele Schuhe konnte ein Gott auch nicht kaufen, dass sie es sich noch hätte erklären können. Einzig übrig blieb ihre erste Theorie: Es gibt ihn nicht. Genau diese würde sie aber zu einer Atheistin machen, was ihr innerlich irgendwie widerstrebte. Umso erstaunlicher fand sie, dass es nicht nur Menschen waren, denen es schlecht ging, die sich zu Gott, der Kirche oder überhaupt einem Glauben bekannten; sondern auch Menschen, denen es eigentlich gut ging. Liliana merkte, wie in ihr einen Art Neid aufkam. Sie hätte in manchen Situationen auch gern so einen Rettungsanker, an den sie sich klammern konnte.

Plötzlich erwischte sie sich bei einem für sie merkwürdigen Gedanken. Oder war es gar ein Stoßgebet?

„Lieber Gott oder wer immer du bist!

Beziehungsweise wen immer es interessiert, was ich meine und fühle, könntest du mir nicht mal ein kleines Zeichen deiner Existenz senden, damit ich auch glauben kann? Es muss ja nichts Großes sein. Nur so groß, dass ich es erkennen kann. Danke!"

Liliana wartete und harrte der Dinge, die da kommen würden oder auch nicht oder wie auch immer es vorgesehen war ...

14. Die Hundewiese

Fast jeden Morgen gegen halb neun trafen sie sich mit ihren Hunden auf der Wiese im Park. Es war so ziemlich der einzige Ort, wo man die Tiere noch frei laufen lassen konnte. Da waren Frau Schmitz mit ihrem Golden Retriever, der Student Sven mit seiner Collie-Mischlingshündin, Frau König mit ihrem Yorkshire, Herr Gerdes mit seinem Schäferhund und der alte Herr Maier mit seiner Dackeldame. Dadurch, dass man sich regelmäßig begegnete, kam man im Laufe der Zeit auch ins Gespräch. Man unterhielt sich über dies und das, in erster Linie aber über die Vorlieben, Eigenarten und Wehwehchen ihrer Lieblinge. Es wurde über Futtersorten, Futtervorlieben oder Tierärzte diskutiert. Sobald eines der Tiere kränkelte oder verletzt war, nahmen alle Anteil an dessen Schicksal. So gab es immer genügend Gesprächsstoff. Irgendwie fühlten sich die fünf wie eine große Hundefamilie. Selbstverständlich hatten alle auch immer Leckerli dabei und das nicht nur für den eigenen Liebling, sondern auch für die anderen.

Eines Tages allerdings stellte Frau Schmitz fest, dass sie seit zwei Tagen Herrn Maier nicht mehr gesehen hatte. Sie sprach die anderen darauf an, aber auch diese konnten sich keinen Reim auf seine Abwesenheit machen.

„Vielleicht ist er ja im Krankenhaus. Er hatte es doch so mit dem Herzen und war in der letzten Zeit auch ziemlich kurzatmig", meinte Herr Gerdes. –

„Hätte er ins Krankenhaus gemusst, hätte er uns doch bestimmt davon erzählt", entgegnete Frau Schmitz. –

„Es könnte ja auch durchaus ein Notfall gewesen sein", warf Sven ein, „richtig gut ging es ihm wirklich nicht."

Sie beschlossen, die nächsten Tage mal abzuwarten und verstärkt darauf zu achten, ob Herr Maier oder seine Dackeldame in anderer Begleitung im Park auftauchten.

Nachdem sich in den nächsten Tagen diesbezüglich nichts tat, machten sie sich ernsthafte Sorgen. Schließlich kannte man sich bereits über einen längeren Zeitraum und der Kontakt hatte schon irgendwie

freundschaftlichen Charakter. Frau König war die erste, die die ihre Besorgnis offen äußerte: „Es wird ihm oder dem Hund doch wohl nichts passiert sein?"

Diese Äußerung sorgte für betroffene Minen bei den anderen, da diese insgeheim ähnliche Befürchtungen hegten.

„Weiß eigentlich jemand, wo Herr Maier wohnt?", fragte Sven in die Runde. –

„Ja, auf der Poststraße. Die ist ganz hier in der Nähe", antwortete Frau Schmitz. –

„Wissen Sie zufällig auch die Hausnummer?", wollte Herr Gerdes wissen. „Die Poststraße liegt fast auf meinem Heimweg. Zumindest wäre es kein Umweg für mich, dort mal vorbeizuschauen. Unter Umständen erfahre ich ja sogar etwas." –

„Es ist die Poststraße 148", erwiderte Frau Schmitz.

„Gut, dann gehe ich da nachher mal vorbei."

Als man sich am nächsten Tag traf, warteten alle gespannt auf Herrn Gerdes. Dieser kam an diesem Tag etwas später als

gewöhnlich und man sah ihm an, dass er mehr als erschüttert war. Vor lauter Aufregung redeten alle durcheinander, dann endlich stellten sie die entscheidende Frage, nämlich die, ob Herr Gerdes etwas in Erfahrung bringen konnte.

Herr Gerdes holte tief Luft und begann zu erzählen:

„Ja, auf dem Rückweg hielt ich am Haus von Herrn Maier an. Er öffnete nicht und ich war gerade im Begriff zu gehen, da kam der Hausmeister aus dem Haus. Er fragte mich, ob er mir helfen könnte. Ich bejahte dies und erkundigte mich nach Herrn Maier. Ich erzählte ihm auch, dass wir uns schön seit längerem von der Hundewiese kennen. Was er mir dann erzählte, macht mich bis jetzt noch fassungslos." –

„Was ist denn mit Herrn Maier?", wollten die anderen wissen. –

„Herr Maier ist tot. So wie der Hausmeister mir berichtete, muss er schon mehrere Tage tot in der Wohnung gelegen haben, als man ihn fand. Er wohnte im Erdgeschoss und die

Nachbarn beschwerten sich über den süßlichen Geruch im Treppenhaus. Der Hausmeister versuchte dann Herrn Maier persönlich und telefonisch zu erreichen, aber ohne Erfolg. Der Hund schlug auch nicht an. Da er aber über einen Schlüssel für Notfälle verfügte, öffnete er die Tür und fand den armen Mann zusammen mit seinem Dackel. Soviel er nachher erfahren konnte, starb Herr Maier an Herzversagen. Da Herr Maier keine Angehörigen mehr hatte, wurde die Wohnung komplett aufgelöst. Sie wird gerade kernsaniert, da der Leichengeruch in die Wände gezogen ist." –

„Und woran ist der Hund gestorben?", fragte Frau König ganz geschockt. –

„Das arme Tier ist neben seinem Herrchen verhungert und verdurstet." –

„Aber bevor der Hund gestorben ist, hat er doch bestimmt gebellt oder gewinselt. Hat das denn niemand im Haus gehört?", wollte Sven wissen. –

„Nein, angeblich hat keiner der Nachbarn etwas mitbekommen. Sie haben noch nicht einmal bemerkt, dass er nicht mehr mit dem Hund Gassi ging", antwortete Herr Gerdes. –

„Das gibt es doch gar nicht!", ereiferte sich Frau Schmitz. „Ist die Welt so gleichgültig geworden, dass selbst die eigenen Nachbarn nicht mehr interessieren?" –

„Naja", äußerte sich Frau König, „viel besser waren wir ja auch nicht. Es war uns zwar aufgefallen, dass Herr Maier nicht mehr zur Hundewiese kam, aber wirklich nachgehakt haben wir auch nicht, obwohl wir wussten, wo er wohnte und wie angeschlagen er gesundheitlich war." –

„Das stimmt!", bestätigte Sven. „Vielleicht hätten wir

den alten Mann nicht mehr retten können, aber möglicherweise noch seinen Hund. Außerdem hätte er nicht so vergessen und würdelos tagelang in der Wohnung liegen müssen."

Keiner der vier sagte noch ein Wort. Ihre Gefühle schwankten zwischen Betroffenheit und Scham.

15. Wo ist Nina?

Die Schulglocke läutete. Für Nina war die Schule heute aus. Sie packte ihre Sachen in den Ranzen und schlenderte aus der Klasse. Sie hatte keine große Eile, denn daheim erartete sie – wie fast jeden Tag – niemand. Manchmal fand sie ihr Leben als „Schlüsselkind" ganz gut, da sie dadurch schon viel selbständiger war als ihre Klassenkameraden, aber manchmal tat es ihr auch weh, wenn diese von den Müttern oder Vätern abgeholt wurden und noch Unternehmungen machten, auch wenn es sich nur um schnöde Einkäufe handelte. Nina ging nachdenklich heim.Hallo, Nina! Schule aus?", fragte Frau Jacobi.Frau Jacobi war ihre direkte Nachbarin in der Reihenhaussiedlung und quasi, wenn auch inoffiziell, so etwas wie eine Tagesmutter für Nina. Im Laufe der Zeit war sie aber auch zu einer ganz wichtigen Bezugsperson für Nina geworden, der sie sich gern anvertraute. Immer, wenn ihre Elter nicht da waren, weil sie beruflich oder freizeitmäßig mal wieder sehr eingespannt waren und Nina jemanden zum Reden brauchte, wandte sie sich an Frau Jacobi.

„Ja, Frau Jacobi, für heute ist die Schule aus", antwortete Nina. –

„Dann machst du jetzt bestimmt deine Hausaufgaben?" –

„Ja, aber das ist nicht so viel. Ich bin doch erst in der zweiten Klasse!", erwiderte Nina und schloss die Tür zu ihrem Elternhaus auf.

„Armes Kind!", dachte Frau Jacobi kopfschüttelnd. „Wie können Eltern nur derart selbstsüchtig sein und ein so reizendes Kind permanent vernachlässigen? Das soll verstehen, wer will! Ich tue es nicht! Zu meiner Zeit hat es so etwas noch nicht gegeben!"

„Hi, Simone! Bin heute spät dran. Die Besprechung hat mal wieder länger gedauert. Ich hoffe, du bist nicht böse", begrüßte Rainer seine Frau. –

„Nicht böse?! Du bist gut! Du wusstest doch ganz genau, dass ich gleich mein Einzel spielen muss, zu dem mich die Elli herausgefordert hat", fauchte Simone. –

„Ist das heute? Verdammt! Das hatte ich ganz verschwitzt. Ich habe mich mit Lars zum Radfahren verabredet. Der Triathlon ist doch schon in zwei Monaten", erwiderte Rainer. –

„Super! Soll ich jetzt etwa verzichten und in der Rangliste abrutschen, damit du trainieren kannst?" –

„Nein, natürlich nicht! Meinst du nicht auch, dass Nina alt genug ist, um auf sich selbst aufzupassen? Zur Not ist ja auch noch die alte Frau Jacobi da. Die beiden verstehen sich doch prima. Gegen neun bin ich bestimmt wieder zurück und bringe sie dann ins Bett. Dann hast du noch genug Zeit, um deinen Sieg zu feiern", schlug Rainer vor und gab seiner Frau einen Versöhnungskuss auf die Wange.

„Naja, im Prinzip ginge das schon, aber irgendwie

habe ich auch ein schlechtes Gewissen dabei. Nina ist noch keine neun und

eh schon fast den ganzen Tag allein Zuhaus", gab Simone zu bedenken und packte weiter ihre Tennistasche. –

„Das stimmt zwar, aber bisher hat es ihr doch auch nichts ausgemacht. Unsere Süße weiß sich schon zu beschäftigen und am Wochenende gehen wir mit ihr ins Einkaufszentrum. Da darf sie sich dann etwas Tolles aussuchen", lenkte Rainer ein. –

„Okay, da freut sie sich bestimmt drüber. Außerdem kann ich dann auch gleich nach einem neuen Tennisdress gucken. Die Elli tritt heute wahrscheinlich wieder in den neuesten Klamotten an", bemerkte Simone noch, bevor sie entschwand.

Nina hatte das Gespräch ihrer Eltern unfreiwillig mitgehört. Einerseits freute sie sich auf das Geschenk, denn sie wusste, dass ihre

Eltern in solchen Momenten immer besonders großzügig waren, andererseits hielt sich ihre Vorfreude in Grenzen, da es auch leicht wieder anders ausgehen konnte, wenn ihren Eltern plötzlich Termine dazwischen kamen. Nina fühlte sich mit einem Mal

schrecklich einsam und verlassen. Die meisten anderen Kinder hatten Eltern, die sich um sie kümmerten, mit ihnen Hausaufgaben machten

und etwas mit ihnen unternahmen. Warum waren ihre Eltern so anders? Lag es an ihr? Nachdenklich öffnete Nina die Terrassentür und setzte sich auf einen der Gartenstühle.

„Nina, was ist mit dir? Du siehst so traurig aus“, schreckte eine Stimme sie aus ihren Gedanken auf. – „Hallo, Frau Jacobi! Bin ich eigentlich so ein schreckliches Kind?“, fragte Nina sie ganz unvermittelt.

Frau Jacobi wurde bleich und entgegnete ganz entsetzt: „Nein, Nina, das bist du ganz und gar nicht! Wie kommst du denn auf den Unsinn? Möchtest du zu mir rüberkommen und über alles reden?“ – „Ja!“

Nina ging also rüber zu ihrer fürsorglichen Freundin und erzählte dieser ihren ganzen Kummer sowie von dem Gespräch ihrer Eltern, das sie mitangehört hatte und wie sich die Eltern ihrer Klassenkameraden verhielten.

Sie schloss ihre Ausführungen mit Tränen in den Augen und den Worten: „Ach, Frau Jacobi, ich möchte doch keine teuren Geschenke. Mir würde es reichen, wenn Mama und Papa mal ein wenig mehr Zeit für mich hätten. Vielleicht haben sie mich ja auch nicht so lieb wie andere Eltern ihre Kinder. Warum bekommen Erwachsene eigentlich Kinder, wenn die dann doch nur im Weg sind?“

Frau Jacobi, die die ganze Zeit nur aufmerksam zugehört, hin und wieder mal leise geseufzt hatte, musste jetzt heftig schlucken und ihre eigenen Tränen unterdrücken. Dieses kleine Mädchen tat ihr im Moment unendlich leid. Während sie die weinende Nina im Arm hielt und zu trösten versuchte, musste sie an die Zeit zurückdenken, als ihre beiden Kinder in Ninas Alter waren. Ihr Mann – Gott habe ihn selig! – war zwar der Haupternährer der Familie, aber damit sie sich ein paar Extras leisten konnten, ging sie abends putzen, wenn die Kinder im Bett waren. Nebenbei machte sie auch noch Näharbeiten. Es war aber stets sichergestellt, dass ein Elternteil bei den Kindern war. Der Sonntag war ein absolutes Tabu. Der war zum Familientag erklärt worden. Morgens wurde gemeinsam ausgiebig gefrühstückt und danach etwas unternommen. Auf einmal wurde Frau Jacobi bewusst, dass ihre Kinder dieses Ritual übernommen hatten, was sie mit Stolz erfüllte. In dem Moment kam ihr der geniale Einfall, wie man dem armen Würmchen in ihrem Arm helfen könnte.

„Nina", begann sie, „wir müssen deinen Eltern mal ganz deutlich zu verstehen geben, dass eine Familie keine Selbstverständlichkeit ist. Ich habe da eine Idee und du bist der Schlüssel dazu. Komm mit in die Küche. Ich mache uns etwas zu essen und erkläre dir meinen Plan ..."

Einige Tage später kamen Ninas Eltern fast zeitgleich am späten Nachmittag von der Arbeit zurück. Sie riefen Nina, aber sie kam nicht.

„Wahrscheinlich ist sie noch bei einer Freundin oder bei Frau Jacobi. Ich bereite schon einmal das Abendessen vor", beurteilte

Simone die Situation. –

„Ja, wahrscheinlich. Was gibt es denn", fragte Rainer.

„Ich habe aus dem Supermarkt so ein chinesisches Fertiggericht mitgebracht." –

„Hoffentlich nicht das, was Nina wegen der vielen Schoten nicht mag." –

„Nina soll nicht so wählerisch sein. Sie hat

schon das Leben einer Prinzessin. Andere Kinder haben gar nichts zu essen und wären froh!", erwiderte Simone leicht genervt.

Das Essen war fertig, aber Nina immer noch nicht aufgetaucht. Simone war jetzt ärgerlich über ihre unpünktliche Tochter und griff zum Telefon. Zuerst rief sie bei den Eltern ihrer Freundinnen an, allerdings ohne Erfolg. Schließlich erkundigte sie sich bei Frau Jacobi nach ihrem Kind.

„Nein, es tut mir leid, aber Nina ist nicht bei mir. Zuletzt habe ich sie heute Mittag gesehen, als sie aus der Schule kam", bekam sie von Frau Jacobi zu hören.

Simones Ärger wich langsam einer gewissen Unsicherheit. Sie ging zu Rainer ins

Wohnzimmer, wo gerade die Nachrichten des Tages liefen. Da hörte sie ihren Mann murmeln: „Schon wieder ein kleine Mädchen ermordet! Gibt es eigentlich immer mehr Perverse auf der Welt?"

Simone war kreidebleich, als sie ihren Mann ansprach: „Rainer, keiner hat unsere Nina gesehen. Sie ist weder bei ihren Freundinnen, noch bei Frau Jacobi. Langsam mache ich mir Sorgen. Sollten wir nicht die Polizei einschalten?" –

„Ich glaube, dafür ist es noch etwas zu früh.

Hattest du mal in ihrem Zimmer nachgesehen, ob es da Hinweise gibt, wo sie sein könnte? Haben wir vielleicht einen Schultermin verpasst und sie ist jetzt allein dahin?", versuchte Rainer die ganze Sache analytisch anzugehen.

Simone schüttelte den Kopf. Langsam beschlich auch Rainer ein ungutes Gefühl. Gemeinsam gingen sie in Ninas Zimmer. Auf den ersten Blick fanden sie nichts, was hätte Aufschluss geben können, aber dann entdeckte Simone Papierschnipsel auf dem Schreibtisch ihrer Tochter. Sie schob die Schnipsel vorsichtig beiseite und entdeckte ein Blatt Papier auf dem stand: „Falls ihr mal Zeit haben solltet, könnt ihr das Puzzle ja zusammensetzen, dann wisst ihr, wo ihr mich findet. Ich hab euch lieb! Nina."

Betroffen sahen sich Rainer und Simone an. Vorsichtig sammelten sie die Schnipsel ein und nahmen sie mit ins Wohnzimmer. Während Simone Tesaband besorgte, sagte Rainer ihre Termine für den Abend wegen einer dringenden Familienangelegenheit ab. Sie setzten sich gemeinsam an den Wohnzimmertisch. Erst schweigend, dann diskutierend, letztendlich betroffen darüber, was für Rabeneltern sie in den Augen ihres Kindes waren.

Und dies ergab das Puzzle:

„Liebe Mama, lieber Papa,
ich habe euch wirklich lieb. Ich finde die tollen Geschenke von euch ja auch ganz prima, aber was

ich eigentlich von euch möchte, ist ein wenig mehr gemeinsame Zeit. Warum können

wir nicht mal ins Freibad oder in den Zoo? Andere Familien tun das doch auch. Als ich noch kleiner war, ward ihr doch auch mehr für mich da. Habt ihr mich wirklich lieb oder bin ich nur noch eine Last für euch?

Wenn ihr eine Antwort darauf gefunden habt, dann werdet ihr mich schon finden.

Nina"

„Der Spielplatz am Kindergarten!", riefen Simone und Rainer plötzlich gleichzeitig aus.

Es gab nur einen Moment, zu dem die beiden gemeinsam so schnell die Wohnung verlassen hatten und dies war, als vor neun Jahren bei Simone die Wehen einsetzten.

Der Plan der alten Frau Jacobi schien wirklich zu funktionieren ...

16. Meist kommen sie nachts ...

Agnes war wach geworden. Sie lag in ihrem Bett. Neben ihr schlief ihr Mann Ralf den Schlaf der Gerechten. Sein Gesicht sah richtig zufrieden und friedlich aus im fahlen Licht, das von draußen ins Schlafzimmer schien. Sie sah zum Wecker auf ihrem Nachttisch. Die Ziffern leuchteten. Es war genau ein Uhr neunundzwanzig. Eigentlich müsste sie erst gegen halb sechs wach werden, wenn der Wecker klingelte, aber SIE waren wieder da. Agnes kannte die Situation schon zu Genüge. Immer wenn SIE kamen, war an Schlaf vorerst nicht mehr zu denken. SIE waren die hässlichen, kleinen, schwarzen Trolle, die sie – besonders nachts – heimsuchten. Tagsüber konnte sie ihnen häufig ein Schnippchen schlagen. Nur nachts, da war sie ihnen ausgeliefert ... Sie kamen von überall, um ihren Körper zu peinigen. Es war schwierig gegen sie zu kämpfen, da sie sich nie zeigten. Man spürte nur, wo sie waren, aber man konnte sie nicht so einfach abschütteln und loswerden. Sie waren schnell,
heimtückisch und irgendwie überall gleich-zeitig ... Es war zum verrückt werden!

Während sie in der Dunkelheit überlegte, was sie im Laufe des Tages getan hatte, was diese Heimsuchung verursacht hatte, wurden die Attacken immer heftiger. Agnes dachte nach, welche Gegenoffensive in dieser Nacht eventuell helfen könnte, ihre Widersacher zu vertreiben. Leider gab es keine Generalstrategie.

Leise stand sie auf, um ihren Mann nicht zu wecken. Sie ging in die Küche, um einen Schluck Wasser zu trinken. Die Trolle begleiteten sie. Jetzt, wo sie das warme Bett verlassen hatte, vermehrten sie sich sogar noch und wurden richtig giftig, aber das kannte sie bereits. Das war immer so. Im Bett hatte sie keine Ruhe vor ihnen und wenn sie aufstand, dann wurden sie noch hinterhältiger. Agnes wusste, dass sie nur gewinnen konnte, wenn sie in Bewegung blieb, denn dann wurden sie müde und ließen sie - bis auf wenige Attacken - in Ruhe. Agnes hoffte, dass es auch heute Nacht wieder der Fall sein würde.

Beschäftigung wäre jetzt gut, fand Agnes. Am liebsten hätte sie jetzt schon ihre Hausarbeit erledigt, aber dann wäre Ralf wach geworden. Außerdem: Wer räumte schon morgens um kurz vor zwei seine Wohnung auf?

Agnes schaltete den Fernseher an. Das Nachtprogramm, das wusste sie inzwischen aus leidvoller Erfahrung von all den vorherigen
Nächten, war zwar eine mittelprächtige Katastrophe, aber zur Ablenkung besser als nichts. Lesen wäre sicherlich die bessere Alternative, aber dafür war sie viel zu müde und erschöpft.

Die Attacken der Trolle wurden weniger. Agnes wusste, dass es aber keinen Sinn machen würde, wenn sie sich wieder ins Bett legen würde, weil sie dann sofort wieder verstärkt angreifen würden. Sicherlich, sie hätte auch Chemiewaffen gegen den Feind einsetzen können, aber damit schadete sie sich letztendlich nur selbst. Das tat sie nur im absoluten Notfall.

Kaum hatte sie den Gedanken an die Chemiewaffen zu Ende gedacht, wurden die Trolle wieder ganz aktiv, als wenn sie sagen wollten: Tu's doch! Tu's doch! Oh nein, den Gefallen würde Agnes ihnen nicht tun! Das hätten sie gern, dass sie kapitulierte, damit sie sich zusammenrotten und beim nächsten Angriff noch aggressiver vorgehen konnten. So lange Agnes sie beobachtete und kontrollierte, konnten sie sich nicht weiter breit machen, das war ihr bewusst. Den Trollen aber offensichtlich auch, sonst würden sie nicht alles versuchen, sie zur Kapitulation zu zwingen.

Agnes dachte zurück an die Zeit, wo sie noch nicht von diesen scheußlichen Gesellen heimgesucht wurde. Das war die Zeit, in der sie sich nach einem anstrengenden Tag noch darauf freute, abends in ihr Bett zu kriechen und so wie Ralf jetzt tief und fest zu schlafen. Das war eine herrlich unbeschwerte Zeit. Das war auch die Zeit, in der sie morgens gern länger schlief und an den Wochenenden oder an Feiertagen den ganzen Vormittag im Bett verbrachte. Daran war heute gar nicht mehr zu denken. Die Trolle trieben sie raus, inzwischen sogar tief in der Nacht.

Die Trolle kamen plötzlich vor noch gar nicht so langer Zeit und sie kamen ohne Vorwarnung. Wann

Agnes sie das erste Mal registriert hat, daran konnte sie sich beim besten Willen nicht mehr erinnern. Es waren erst auch nur wenige, die man mit kleinen Tricks überlisten konnte. Dann wurden es aber immer mehr und die Tricks kannten sie nachher schon alle. Es wurde immer schwerer, sie im Zaum zu halten, zumal sie auch immer hinterlistiger wurden. Anfangs griffen sie nur im Rücken an. Später auch an den Händen, den Armen, den Beinen und den Hüften. Ihre Taktik wandelte sich auch von Nacht zu Nacht. Agnes kam sich manchmal vor wie Don Quichote, nur dass sie nicht gegen Windmühlen, sondern gegen unsichtbare Trolle zu kämpfen hatte.

Das Fernsehprogramm war fürchterlich, aber Agnes' Augenlider wurden dennoch immer schwerer. Jetzt kämpfte sie wieder an allen Fronten – gegen ihre Müdigkeit und die Trolle. Wie gern wäre sie wieder in ihr warmes Bett gekrochen, hätte sich an ihren Mann gekuschelt und wäre eingeschlafen. Das Problem war nur, dass die Trolle mit-gekommen wären und sie weiter malträtiert hätten. Agnes wusste, dass es noch nicht der richtige Zeitpunkt war, um sich davon zu stehlen. Sie musste warten, bis nicht nur sie, sondern auch die Trolle müde waren. Erfahrungsgemäß konnte es jetzt aber nicht mehr lange dauern.

Tatsächlich kamen nur noch gelegentliche Angriffe der gemeinen Biester. Offensichtlich hatten sie für diese Nacht den Rückzug angetreten. Agens schöpfte Hoffnung, dass sie doch noch ein wenig schlafen könnte, bevor der Wecker klingelte.

Es war fast halb vier, als Agnes das Schlafzimmer ganz leise wieder betrat. Sie schlich zu ihrem Bett, wo ihr Mann immer noch ganz zufrieden lag und leise vor sich hin grunzte. Agnes beneidete ihn um seinen seligen Schlummer. Sie kroch unter die Bettdecke und kuschelte sich ein, da ihr kalt war. Mit der wohligen Wärme im Bett kamen auch wieder verstärkte Angriffe der Trolle. Agnes ignorierte sie jetzt, da sie völlig erschöpft war. Sie war sich sicher, dass sie jetzt sogar ein Flugabwehrgeschütz, das neben ihr abgefeuert würde, überhören würde. Agnes schlief ein.

Pünktlich um halb sechs klingelte der Wecker. Agnes fühlte sich, als hätte sie einen Marathon hinter sich. Sie quälte sich aus dem Bett, ging kurz ins Bad, um dann in der Küche das Frühstück für Ralf vorzubereiten.

„Morgen, meine Liebe", begrüßte Ralf sie fröhlich mit einem Küsschen auf die Wange.

Gut, er konnte auch fröhlich sein. Er hatte ja fest geschlafen und die Trollattacken nicht miterlebt.

„Guten Morgen! Hast du gut geschlafen?", fragte sie ihn. Die Frage war rein rhetorisch, da sie ja wusste, dass er das hatte. –

„Ja, ich kann nicht klagen. Etwas zu kurz, aber das sage ich, glaube ich zumindest, jeden

Morgen. Wie war deine Nacht?", wollte er von ihr wissen. –

„Nichts Besonderes! Nachtprogramm und Trolle", gab sie müde zurück. –

„Wann kamen sie dieses Mal?", fragte er voller Mitgefühl und nahm sie in den Arm. –

„Gegen halb zwei", antwortete Agnes und schmiegte sich in Ralfs Arme. –

„Du Ärmste! Waren sie wieder ganz gemein und hartnäckig?", war seine Frage. –

„Ich glaube langsam, es wird immer schlimmer. Gegen vier bin ich dann wieder eingeschlafen. Von erholsamem Schlaf kann ich nicht reden", meinte Agnes. –

„Toll! Dann komme ich auch noch mit meinem Gejammer, dass mein Schlaf zu kurz war. Tut mir leid!", sagte Ralf schuldbewusst. „Schatz, du kannst doch nichts dazu. Du schickst mir diese fiesen, kleinen Mistviecher doch nicht auf den Hals", beruhigte Agnes ihren Mann. –

„Warum machst du mich denn nicht wach, wenn es so schlimm ist?", fragte er. –

„Reicht es nicht, wenn sich einer von uns die Nächte mit den Trollen um die Ohren schlägt?", gab sie zurück. –

„Das schon, aber du weißt doch – geteiltes Leid ist halbes Leid." –

„Das ist schon richtig, aber du musst arbeiten, während ich hier bin und mich zwischendurch mal hinlegen kann. Die Möglichkeit hast du nicht. Es reicht doch wirklich, wenn einer völlig ausgepowert ist", sagte Agnes. –

„Ich finde es bewundernswert, wie du dein Schicksal erträgst", bemerkte Ralf. –

„Was soll ich machen? Jammern? Das bringt mich auch nicht weiter. Ganz im Gegenteil. Wahrscheinlich würden dann noch mehr Trolle auf den Plan gerufen", erwiderte sie. –

„Gut möglich! Was hast du denn gegen sie unternommen?", wollte Ralf wissen. –

„Ich habe sie mit einem ganz grausamen Fernsehprogramm gefoltert. Sie sind dann aus Verzweiflung verschwunden. Chemie wollte ich nicht einsetzen", beantwortete sie seine Frage. –

„Das hättest du aber ruhig können. Wenn du das gelegentlich nur machst, kann es auch nicht schlimm sein." –

„Die ganz großen Geschütze halte ich zurück, bis es ganz extrem wird. Besser ist das ..." –

„Da könntest du recht haben. Meinst du, dass deine Trolle irgendwann zu Monstern mutieren könnten?" –

„Die Befürchtung habe ich tatsächlich. Dafür will ich gewappnet sein." –

„Naja, da habe die Ärzte auch noch ein Wörtchen mitzureden. Die sind ja eh schon immer fasziniert, wie wenig Medikamente du gegen deine Schmerzen – bitte entschuldige! – gegen deine Trolle einsetzt", meinte Ralf anerkennend.

17. Alle Jahre wieder ...

... da kommt er - dieser ominöse Tag - der 24.12. oder auch Heiligabend genannt. Wie konnte das schon wieder geschehen!? Für viele Menschen kommt er ganz plötzlich, völlig unvorhergesehen, ja sogar ohne jegliche Vorwarnung daher. Er trifft sie dadurch unvorbereitet, löst häufig Hektik und Panik aus. Dabei muss es gar nicht so weit kommen, wenn man die untrüglichen Vorzeichen dieses Tages nicht übersieht.

Zugegeben, die ersten Zeichen kann man vielleicht noch mit viel Goodwill ignorieren. Zum Beispiel, wenn man sich im September gerade die letzte Sonnencreme abgewaschen, die Sandkörner des Strandurlaubs aus dem Koffer entfernt hat, eventuell sogar noch die Herbstferien plant oder schlicht noch die verbleibenden warmen Tage genießt, während unterdessen die Einzelhändler schon ganz klammheimlich aufrüsten und die ersten Weihnachtsleckereien feilbieten. Zu diesem Zeitpunkt ist es völlig verständlich, wenn der eine oder andere noch mit Scheuklappen durch die Gegend läuft und die drohende Gefahr nicht wahr haben will. Zumal alles noch recht unspektakulär präsentiert wird, platziert zwischen Standardwaren und Schnäppchen.

Spätestens im Oktober aber müssten die Alarmglocken angehen. Dies ist der Monat, in dem weiter aufgerüstet wird. Anfangs gesellt sich zu den

Halloween-Artikeln ganz unauffällig die erste Weihnachtsdekoration. Außer Lebkuchen und Dominosteinen findet man auch Christstollen in den Auslagen. Ab Mitte des Monats bieten Blumenläden Grabgestecke und vermehrt Grableuchten an. Auch in anderen Läden werden die Grableuchten aus den unteren Regalen in die oberen geräumt. Des Weiteren werden schon Weihnachtskarten und Weihnachts-geschenkpapier offeriert. Um diese Vorboten nicht zu bemerken, bedarf es schon einer gewissen Sturheit bzw. Ignoranz, möglicherweise gepaart mit einer Portion Leichtsinn, so nach dem Motto „Ist ja noch lange hin!".

Der November ist dann der Monat der ganz starken Geschütze. Die Weihnachtsmänner besetzen die Läden. Jetzt beginnt die Zeit, wo die Artikel bewusst so in Szene gesetzt werden, dass man sie gar nicht mehr übersehen kann. Weitere wichtige Hinweise, über die man gegen Ende des Monats geradezu stolpert, sind Weihnachtsbäume, die vor den Geschäften aufgestellt werden; die Weihnachtsbeleuchtung in den Städten; die Festbeleuchtung an Häusern und in Gärten (gut, hier kann man teilweise auch meinen, die wären vom letzten Fest noch übrig geblieben – soll ja durchaus vorkommen); der Verkauf frisch geschlagener Weihnachtsbäume; sowie eine Flut an Werbeprospekten, die einem die Entscheidung erleichtern sollen, was man denn seinen Lieben Sinniges oder Unsinniges zum Fest unter den Baum legt. Nicht zu vergessen, die

Berieselung mit Weihnachtsmusik in den Warenhäusern (vor allem ab dem 1. Advent) und die Flut an Spendenaufrufen. Würde man denen alle Folge leisten, bräuchte man sich um Geschenke für die Liebsten keine Gedanken mehr machen.

Sicherlich kann man auch an diesem Punkt noch alles vor sich herschieben und sich vorgaukeln, es wäre bis dahin unendlich viel Zeit. Eines kann man aber nicht, nämlich anschließend behaupten, man wäre völlig überrascht gewesen. Merke: Es waren später nicht die anderen, die irrten!

Wer im Dezember noch sagt, er hätte den Tag nicht so schnell kommen sehen, der muss sich entweder im tiefsten Winterschlaf oder auf einer einsamen Insel, fernab der Zivilisation, befunden haben. Ob Radio, Fernsehen, Internet, Printmedien oder Geschäfte - sie erschlagen einen förmlich mit dem Weihnachtstrubel. Gut, dass dies alles nichts mehr mit dem eigentlichen „Geist der Weihnacht" zu tun hat, sondern eher mit Kommerz, ist wohl kaum zu bestreiten. Obwohl es immer noch Individualisten geben soll, die sich dem entziehen können, ist es doch so, dass das Gros der Menschen sich nur scheinbar dagegen wehrt. Es ist irgendwie ja auch nett, sich von der Stimmung anstecken zu lassen. Ein Bummel mit Freunden oder Verwandten über den Weihnachtsmarkt mit

seinen unverwechselbaren Gerüchen kann ein schönes Erlebnis sein. Dennoch ist Vorsicht geboten – nicht nur wegen der Taschendiebe und anderlei

Ärgernissen, sondern vielmehr wegen der Zeit. Das scheinbare Idyll der Ruhe und des Stillstands trügt. Der Tag kommt schneller als man denken mag. Steht er dann kurz bevor, ist es für viele Menschen schon fast zu spät. Hektisch stürzen sie sich auf den letzten Drücker ins Getümmel. Manche völlig kopf- und planlos wenige Tage vorher, andere sogar noch an dem Tag. Ärger und Verdruss sind somit vorprogrammiert. Die besten Angebote sind vergriffen. Verlegenheitskäufe werden getätigt, ganz nach dem Motto „Egal was, Hauptsache ich habe irgendetwas!". Das Zeitfenster für die Fest-vorbereitungen wird immer kleiner. Der Tag ent-wickelt sich oft zum Albtraum. Dabei müsste das alles gar nicht sein, wenn - ja, wenn man die Zeichen früh genug erkennen würde. Zeit genug wäre eigentlich, aber wie das halt so ist, kommt alle Jahre wieder die überraschte Frage: „Ja, ist denn heut schon Weihnachten?". Noch schlimmer geht es denen, auf die der Reim zutrifft: „Advent, Advent ein Lichtlein brennt, erst eins, dann zwei, dann drei, dann vier ... und wenn das fünfte Lichtlein brennt, hast du Weihnachten verpennt."

18. Der Aufstand der Weihnachtswichtel

„Jedes Jahr das gleiche Theater!", schimpfte Mo. „Man packt liebevoll die gewünschten Geschenke ein und die Kiddies interessieren sich null dafür!" –

„Recht hast du! Aber was sollen wir machen? Der Chef macht hier die Regeln und auch die Geschenklisten. Wir sind eben nur die Angestellten", erwiderte Tess achselzuckend. –

„Mo hat wirklich recht! Es wird von Jahr zu Jahr schlimmer! Früher haben sich die Kids über einen Beutel Murmeln gefreut. Ein Tretroller oder ein Fahrrad waren schon extraordinär. Heute rümpfen die Kinder darüber nur noch die Nase", stimmte Ron ein. „Ja, denkt nur mal zurück an das letzte Jahr. Der kleine Marvin bekam seine gewünschte Ritterburg mit all dem teuren Zubehör. Und was war? Knappe zwanzig Minuten hat er sich damit beschäftigt, dann wurde ihm langweilig und er wollte DVD gucken", mischte sich Mo wieder ein. –

„Noch schlimmer fand ich die verzogene Göre Dörthe! Die bekam doch das Barbie-Haus und den Camper. Da plärrte sie noch los, dass sie nicht auch die neueste Puppe dazu bekam. Einfach unverschämt!", befand Tess und wollte noch etwas hinzufügen, aber Mo deutete ihr mit einer Handbewegung an zu schweigen.

„Ho-ho-ho, meine Wichtel! Wie läuft das

diesjährige Weihnachtsgeschäft? Liegen wir im Soll oder muss ich mich wie im letzten Jahr überschlagen?", fragte der Weihnachtsmann, der seine Wichtel mal wieder überraschend in der Manufaktur besuchte. –

„Chef, wir liegen bisher sogar vor dem Zeitplan", antwortete Oberwichtel Mo. „In diesem Jahr können Sie pünktlich mit den Auslieferungen beginnen." –

„Das freut mich! Also gab es dieses Mal nicht so viele Änderungswünsche wie in den vergangenen Jahren. Puh, und ich dachte, es würde immer schlimmer", erwiderte der Weihnachtsmann sichtlich erleichtert.

Nach seiner kurzen Inspektion der Manufaktur verließ der Weihnachtsmann diese und seine Wichtel wieder. Er bedankte sich

noch für die gute Arbeit und wähnte alles in bester Ordnung. Wie sollte er auch wissen, dass sich unter den Wichteln immer mehr Unmut breit gemacht hatte über die Undankbarkeit der Menschenkinder. Die Wichtel erwähnten auch mit keinem Wort, dass sie zum ersten Mal in ihrer Geschichte sämtliche Änderungswünsche einfach vernichtet hatten. Ein schlechtes Gewissen hatten sie deshalb allerdings nicht.

Eines Abends, die Wichtel saßen nach verrichteter Arbeit gemütlich mit Met am Kamin, fing Mo wieder an zu wettern: „Nicht nur die westlichen Kinder sind eine Katastrophe, die der neuen arabischen Welt sind fast noch schlimmer. Denen reicht kein einfacher

Buggy – nein – er muss mindestens vergoldet sein. Am besten wäre noch ein Mini-Porsche. Es geht wirklich immer weiter bergab mit der Menschheit!" – „Wohl gesprochen, Mo!", fiel der alte Davo ein. „Die Schuld trifft aber nicht der Menschheit Kinder, sondern die Erwachsenen. Die Kinder sind lediglich ein Produkt deren   Erziehung. Den Großen fehlt es an Zurückhaltung und Demut. Sie wissen die einfachen Dinge nicht mehr zu schätzen. Die alten Werte und Tugenden wurden im Laufe der Jahrzehnte immer mehr ersetzt durch Statussymbole. Ein Kind galt früher als ein solches. Heute reicht das nicht mehr aus. Die Eltern definieren sich nicht mehr allein über sich, sondern über die Ausstattung und den Luxus ihrer Kinder. Gott verdammte einst Götzenbilder, aber die Menschheit bedient sich auf die eine oder andere Weise immer mehr ihrer."

Die Wichtel waren nach Davos Vortrag sehr nachdenklich. Lange Zeit traute sich niemand etwas zu sagen, bis Tess eine Idee hatte. Sie schlug vor, die alte Weltkugel zu entstauben und einen Blick auf das aktuelle Geschehen zu werfen. Für einen kurzen Moment zögerten die anderen Wichtel, aber dann stimmten alle zu. Davo, der älteste der Wichtel und Hüter der Kugel, holte sie und die Wichtel setzten sich im Kreis um sie herum.

Nach einiger Zeit zeigte die Kugel ihr ganzes Potenzial. Die Wichtel konnten ganze Kontinente abrufen, aber auch bestimmte Regionen und

Einzelschicksale. Was sie sahen bestürzte sie sehr. An diesem Abend fassten sie einen außergewöhnlichen Plan.

„Herrgott, Zamperlotti! Was ist hier eigentlich los?", polterte der Weihnachtsmann. „Ich bekomme nur noch Beschwerden von denen da unten! Kein Kind bekam die Geschenke, die es sich gewünscht hatte, sofern es überhaupt eines bekam. Waren meine Listen und Anweisungen nicht eindeutig?" –

„Doch, Chef, waren sie! Wir wissen auch, dass wir uns in weihnachtspolitische Dinge nicht einzumischen haben, aber in diesem Jahr waren wir es leid! Es gibt auf der Welt einerseits so viele kranke, hungernde und unterprivilegierte Kinder, andererseits diese verwöhnten Gören, so dass wir beschlossen haben, etwas für die weniger Gesegneten zu tun. Die Weihnachtselfen haben uns dabei geholfen, die Geschenke umzuwandeln. So wurden aus Unmengen Süßigkeiten, Lebensmittel und Wasser. Tonnen von Spielzeug bekamen einen neuen Sinn in Form von Handwerkszeug. Exklusive Kinderbekleidung wurde durch nützliche ersetzt. Den geldlichen Wert des Weihnachtsfests haben wir dabei nicht verändert. Wir haben lediglich umverteilt, damit mehr davon profitieren konnten. Die Weihnachtsgaben wurden über sämtliche Regionen der Welt verteilt, so dass alle Kinder etwas davon hatten – mit Ausnahme derer, die den Hals nie vollbekommen. Sorry, Chef, wenn sie dadurch Stress hatten, aber irgendwer musste ja mal damit anfangen die Ungerechtigkeit zu beenden", beendete Davo, der Ältesten-wichtel, seine Erklärung.

„Ho-ho-ho!", brummte der Weihnachtsmann. „Eigentlich müsste ich euch dafür fürchterlich bestrafen und den Elfen ihre Kräfte nehmen. Leider kann ich das nicht, weil ich eure Idee und das Engagement gut finde. Warum habt ihr mich nicht eingeweiht? Ich hätte an der einen oder anderen Stelle innegehalten, um die Gesichter zu sehen. Sowohl die, der überraschten Kinder als auch die derer, die dumm aus der Wäsche geschaut haben. Außerdem hätte ich auch noch ein paar nette Überraschungen für die Erwachsenen gehabt."

„Chef, darauf kommen wir im nächsten Jahr zurück ...", jubelten die Wichtel und Elfen erleichtert. Voller Überzeugung, dass sie etwas sehr Gutes getan hatten, feierten sie die ganze Nacht ausgelassen durch. Wunder geschehen halt manchmal ...

Über die Autorin:

Die Autorin, Jg. 1964, wurde in Herten als ältestes von drei Kindern geboren. Aufgewachsen ist sie in Dorsten, Herten und Marl. Als Diplom Betriebswirtin arbeitete sie viele Jahre für einen Chemiekonzern. Nebenbei studierte sie noch Psychologie. Aufgrund einer chronischen Schmerz-erkrankung musste sie aus dem Arbeitsleben ausscheiden. Seither widmet sie sich der Schriftstellerei.

Die Autorin wohnt heute mit ihrem Mann, vier Katzen und einem Kaninchen in Dorsten.

Mehr über die Autorin erfahren Sie über www.claire-ogro.com.

Folgende Bücher sind bisher von der Autorin erschienen:

„Die Geschichte von Jano dem Marienkäfer" ist das erste Kinderbuch der Autorin und wurde unter ihrem bürgerlichen Namen veröffentlicht. Darin wird der Lebensweg eines Marienkäfers vom Schlüpfen bis zum Erwachsensein beschrieben. Auf diesem Weg muss Jano viel lernen und einige Abenteuer überstehen. Dabei lernt er auch seine große Liebe Marie kennen. Als es ihm gelingt einen Konflikt mit der Armeisenarmee gewaltfrei zu lösen wird er zum Helden der Wiese. Seine Abenteuer werden den Nachfahren von der alten Marienkäferdame Nelli erzählt, die natürlich eine Ur-Ur-Enkelin von Jano ist.

Jano ist ein Vorlese- und Lesebuch für Kinder ab 5 Jahren.

Verlag: BoD, Norderstedt
ISBN: 978-3-7357-8472-8
Originalausgabe 2014, 92 S., teilweise illustriert, 6,90 € (D)

In diesem Roman geht es um eine junge Frau, Anfang dreißig, die durch den Tod ihrer Oma und deren Vermächtnis erfährt, dass sie aus einer Hexenfamilie stammt. Anfangs steht sie dem Thema skeptisch gegenüber, aber je mehr sie sich damit beschäftigt, desto faszinierter ist sie.

Ihr Mann kann mit dem Thema gar nichts anfangen. Er hält es schlicht für Hokuspokus.

Gut, dass es ihre Schwägerin Anna gibt, die ihr bei ihren ersten Schritten in Sachen Hexerei zur Verbündeten wird. Cäcilia muss aber bald feststellen, dass die Hexerei so ihre Tücken hat und keineswegs vergleichbar ist, mit dem was sie bisher durch Bücher oder aus Filmen wusste.

Verlag: BoD, Norderstedt
ISBN: 978-3-8370-0613-1
Originalausgabe 2007, PB 136 S., € 11,90 (D)

„Magie der Entspannung", WAZ 2007

„Entspannungslektüre mit Schmunzeleffekt",
Hertener Allgemeine 2008

Und unter ihrem Pseudonym Claire Ogro:

Jule ist eine junge Frau, die an einem grippalen Infekt erkrankt ist und vom Arzt krankgeschrieben wurde. Jetzt sitzt sie allein, mit ihrer Katze und ganz viel Selbstmitleid daheim In ihrem Fieberwahn malt sie sich verschiedene Szenarien aus, bei denen es ihr eventuell besser gehen könnte. Bei näherer Be-trachtung verwirft sie aber alle wieder.

Der Besuch ihrer Arbeitskollegin und Freundin Sabine, die sie mit vielen Neuigkeiten überhäuft, holt sie in die Realität zurück.

Verlag: BoD, Norderstedt
ISBN 978-3-8370-1876-9
3. überarbeitete Auflage 2014
PB 81 S., € 8,90 (D)

„Autorin Claire Ogro schreibt lebensnah", Dorstener Zeitung 2008

„Die inneren Monologe der 43- jährigen Autorin haben Qualität.", WAZ 2008

„ … schöne(r) Erzählfluss, der einen leicht mitschwimmen lässt.", WAZ 2008